U0697153

Treasures for Scholars Worldwide

蔣冕集

③

桂學文庫·廣西歷代文獻集成

潘琦　主編

廣西師範大學出版社
GUANGXI NORMAL UNIVERSITY PRESS
·桂林·

重刻蔣文定公湘皐集卷之二十五

清湘後學俞廷舉重編

闔邑紳士　同刊

書後

書瓊臺先生挽羅都憲詩後

正統十四年秋八月十五日英宗北狩時羅公亨信以右副都御史巡撫宣府大同數日也先奉車駕至宣府城南傳旨諭總兵官楊洪及亨信開門來迎不果於時有建議欲棄宣府城者亨信極力拒之城得不棄其事載在宣府舊志及故大學士邱公瓊臺吟

稿中可考也近日宣府巡撫所奏謂爲羅通則誤矣其時通方謫爲閒官後以尚書于公謙薦始陞兵部員外郎守備居庸關後又歷陞郎中左右副都御史右都御史有事宣府大同地方與亨信未嘗同時蓋亨信出廣東通出江西實非一人也

讀朱子大全集箚錄書其後

西銘云大君者吾父母宗子也朱子釋之曰人皆天地之子而大君乃其適長子所謂宗子有君道者也故曰大君者乃吾父母之宗子爾此雖以繼禰之宗爲喩亦可見大君非不可以稱宗子之一證也或者乃云天子無宗法豈其然乎偶讀朱子記林黄中辨易西銘因識其說

書忠愛堂記後

冕昔在先師少保瓊臺先生館下見先生記黔國武僖公家忠愛之堂文成而一時縉紳莫不交口傳誦未幾而先生捐館舍武僖詩亦下世此記卒棄之塵埃敝篋中莫或表見於世今武僖嗣孫玉岡公綏輯之暇亟欲緒成先志冕因撿所藏善本錄以寄之俾公刻之貞珉庶其家奕世勳德之盛與此記同一不朽云時正德七年壬申歲夏六月既望去作記時已十有八年矣

書元張伯成杜詩演義後

楊文貞公序虞文靖公所註杜少陵七言律詩所謂杜律虞註者刻本在江陰行於天下久矣序不著年月惟書榮祿大夫少傅兵部尚書華蓋殿大學士官銜蓋在宣德正統間而宣德初年已有金溪進士元人張伯成所註杜詩演義並行於世二書篇目次序雖微有不同而皆用文公傳詩與楚辭例先明訓詁次述作者意旨而以一圈別之其同者蓋十之八九演義篇首有曾子白之子昂夫所撰伯成傳稱伯成之文務在追古作者嘗以所著尚書補傳杜詩演義

雜文若干手抄成編謂門人宋季子曰吾志在斯惟求吾師曾先生正之而已先生指予白也傳後附錄獨足翁吳伯慶哭伯成詩亦有箋疏坐令傳杜律之何則註杜律者乃張伯成非虞文靖明矣竊意文靖家臨川去金溪百里而近伯成所註杜律文靖豈嘗見而愛之其不同者豈文靖嘗筆削之歟未可知也文貞序有云或疑此編非出於虞盖當時亦未嘗不致疑也暇日縣舊書偶見演義漫筆識之以諗知者

書威信侯廟記後

右威信侯廟記宋人祝禹圭所作其文載在宋淸湘志及本朝正統間州志中二志所載詳略不一而首尾皆同尾皆至封威信侯而止其文恐非當時全文也自國朝洪武以下六十三字則今代人所書成化中續修州志乃以此六十三字連屬上文合爲一記遂以禹圭爲國朝人則誤矣偶閲前後諸志見其牴牾不合參考而正之庶俾後之續州志者不至仍襲其誤也

讀季山甫詩書後

王鐸過魏爲樂彦禎之子從訓所害山甫與有力焉蓋山甫累舉不第而怨當時執政故移怨於鐸也使其得志其惡豈下於李振哉

神道碑

大明靖江安肅王神道碑銘

晁嘗讀兩漢書見其所列同姓諸侯王數百而大雅不羣有若河間獻王德爲善最樂有若東平憲王蒼僅一二見豈生長富貴而有德以將之世固難其人哉此晁於靖江安肅王之薨其嗣王來請銘王神道之碑不能無慨焉者也靖江雖僻在一隅去京師數千里而自疏封以來奕葉相承父祖子孫世篤忠孝奉法循理切切以驕奢淫湎爲戒非有慕於河間東平之大雅樂善而能若是哉王自正德戊寅始膺封

爵至嘉靖乙酉三月某日遽以疾薨在位僅八年壽止三十有三其善美見於事行者雖未足以充其所存而仁孝誠敬恪遵祖訓惴惴然惟恐有違也不以其累世先王宏規懿範足以垂裕於後而有所持循也乎我高皇帝大封同姓之初以皇兄南昌王之子前大都督諱文正未封而没也特封其子爲靖江王賜名守謙一切恩數與夫官屬規制槩與秦晉楚蜀諸藩等蓋都督少孤母王守節依帝居止帝事之甚謹撫都督愛逾己子故雖身後恩禮有加焉載在國史可考也靖江王一傳其子悼僖王再傳其孫莊簡

王莊簡生懷順王懷順生昭和王昭和生端懿王懷
順王之曾祖昭和端懿則王之祖若考也母妃楊氏
兄弟七人王爲之長以宏治癸丑某月某日生於寢
宮上距南昌九代矣王諱經扶生而穎異不凡年甫
八九端懿疾委以國事已一一區畫有條年十二勅
掌國事賜一品服逮襲爵後日益老成愼重事無小
大動遵成憲自建藩至今宗室繁衍凡有事相接其
於尊卑等差與夫稱謂拜揖之間未嘗一愆於度歲
時有事宗廟必竭誠盡敬牲帛非躬親省視不敢以
獻拜稽灌奠儼乎祖考臨之在上於奉祀山川亦然

性尤克孝懷順王妃谷氏薨王以曾孫代端懿王主祭自始事至卒事舉無違禮發引日徒步送至墳所中途有勸其登輿者郤之且曰送死大事敢憚勞乎及端懿王與母妃楊氏相繼以疾而薨王於父母之疾也晝夜躬侍湯藥未嘗離側或中夜焚香籲天誠意懇到及其薨也旦夕哀毀幾無以爲生有人所甚難者平居喜學問審理周圭質而有文日必延之講究經史改容禮貌稱之爲先生而不名讀書之暇隨筆作詩文皆有關於身心倫紀不爲無益語嘗於宮中獨秀山間鑿石爲盂以浣手而銘之以著自新之

義又爲敬義箴皆刻之於石山之勝處時登眺焉與之所至輒形於詩長篇短章多至數十首間與儒生遊嵒洞間商略名之嵒曰樂天洞曰潛修又於山之左右豎二綽楔而以報國思親扁焉凡此皆足以見其志之所存矣國中山場土田所入歲有常數先是或不計豐歉而斂之至有破家不能償者王始因其豐歉而增損焉遇歉率量減其入數終王之世人蒙其惠心雖慈仁用法不私於近習嘗愛一善書者過有吟詠輒命之書後其人欺誑事敗率置之於法不少貸性明達未薨前半歲預製棺斂之具屬纊三日

前設飲餞與宮眷訣別下至內使宮人皆有賚予踈
戚重輕錙銖無爽愛嗣王雖篤而教之必以義方將
易簀猶呼至膝前丁寧教戒至於忠君愛親讀書好
禮寬罰卹衆事言之尤力其神爽不亂如此訃聞皇
上嗟悼輟視朝遣行人傳鶚諭祭自聞喪至祥禫凡
十有四命有司營葬事賜謚安肅所以寵卹之者甚
厚以薨之年十月某日奉葬堯山世墓之次配妃徐
氏河南孟津知縣斆之長女江西按察僉事乾之女
弟生子女各一皆早殤次劉氏桂林右衛指揮使禎
之長女嗣王之生母也嗣王名邦寧先帝所命也王

之薨嗣王方奉勅以長子掌國事居堊室遣承奉正魯潮左長史胡傑偕來請銘既又遣典膳陳拜偕累來速之來必有書凡書必稱孤稱名初奉徐僉事所述狀後又自具狀其欲貽父令名於無窮意甚懇懇冕以衰老多病學殖荒落不足以副孝子顯親之心再三辭謝不獲命乃取狀閱之節其事行之大者暨得於國史所錄者書之復繫之以銘其詞曰

高帝皇兄長惟南昌撫孤守節厥配則王孤翊興運勳業未究乃有賢嗣克承厥後國封肇啟曰維靖江建藩樹屏以殿遐邦修德礪行允如聖諭國史大書

日星昭著歷七八傳百五十年世惇忠孝有光於前
懿哉安肅恭勤繼述未竟厥施遽殞於疾皇情悼憫
卹典誕加壽雖弗永名則孔遐堯山之原穹碑百尺
太史勒銘昭示無極

大明故光祿大夫柱國少保兼太子太保都察院左都御史致仕陳公神道碑銘

光祿大夫柱國少保兼太子太保都察院左都御史西軒先生陳公以正德辛巳五月致仕歸家居八年爲嘉靖戊子公有疾是歲九月二十有六日卒於武昌之私第享年八十有三湖廣撫按憲臣以聞上輟視朝一日命翰林院撰祭文下湖廣布政司自聞喪至掩壙凡諭祭者九府若縣治其葬事以歿之明年十月二十有八日奉柩自武昌至應城其年十二月十又六日葬應城壽春山之原配夫人張氏之竁合

而安焉子善道等遣使奉公事狀來全屬書神道之碑冕壻于公三十有八年荷公知愛最深且久義不可以不文辭乃序而銘之公諱金字汝礪西軒其別號也世居德安之應城自公之考始僑寓武昌而返葬於應城蓋三世矣應城陳氏爲荆南甲族食指數千誦詩書襲珪組者後先相望相傳出自漢太邱長寔自亳遷廬山又自廬山遷江州數世至亞一生普民父子皆居蒲圻元季兵亂普民始避兵遷應城生三子長諱友文友文生蘭陽知縣祥則公之高大父也曾大父諱居敬石首縣學教諭以道義爲學者所

宗楊文定公實出其門歿祀石首學宮至今猶然大
父諱坦刑部員外郎夔州知府夔州生四子其季諱
琳景泰甲戌進士南京廣東道監察御史廣西按察
司僉事致仕自教諭而下三世皆以公貴贈光祿大
夫柱國少保兼太子太保左都御史曾大母楊氏大
母許氏母郭氏皆贈一品夫人公以縣學生舉成化
戊子鄉貢壬辰登進士第甲午授徽之婺源知縣鋤
強薙梗不少假貸邑有豪猾素持官府短長者望風
遠遁終公之任不敢歸每歲徵派及軍需各項物料
出納若干所餘又若干一一榜示通衢民皆灼知其

數他日復有徵派但取前所餘者給之不復再索於民戊戌擢南京山西道監察御史去之日民爲建遺愛碑廵視長江盜賊屏跡詩廵察都城內外街衢擒奸僧之有妻孥者正之以法權要至不能曲庇人皆快之滿三年以僉事府君憂去任服闋北上適宏治改元戊申補江西道出按浙江監試事綜理周而防範密還京推掌三法司事凡章奏非經公畫可者不以上聞辛亥二月擢山西按察司副使時張簡肅公以都御史廵撫其地奏乞暫增解池鹽課以補宗藩歲祿屬公督之時河東歲荒竄民逃徙者甚衆公發

粟賑之逃徙者皆來歸不半月鹽課告完歲祿始得
不乏丙辰七月遷貴州按察使貴臬素稱無事公至
俯順夷情凡以事來訴者必爲之剖斷曲直雖訴者
踵接未始辭勞識者乃知貴臬本非無事特前此官
於其土者不事事故云然耳未半歲調雲南按察使
送者遮道與馬至不能行公揮之以扇父老苦欲留
之旣得扇相向分持而泣久之始散蒞任未數月遞
職於朝戊午十一月擢雲南左布政使督兵平竹子
箐叛夷陞正二品俸庚申十二月進都察院右副都
御史巡撫雲南孟養强夷爲邊患數十年公遣人省

諭即幡然改悔歸侵地十三處遣酋首獻其土物於
京奉命合貴州兵共剿夷賊米魯福佑賊皆授首餘
黨悉平又陞俸一級滇池水溢淤沒官民田公築堤
障水疏濬有法田沒而復出者數千頃清屯田馬政
及歲造軍器累年積弊搜剔無遺一考滿以母老奏
乞終養不許甲子陞南京戶部右侍郎正德丙寅冬
進右都御史總督兩廣軍務兼巡撫旣抵任凡二廣
利害興革殆盡而於邊防夷患尤悉必計處馬平獞
大肆猖獗親統十三萬衆直抵賊巢平之陞左都御
史遂遣官省諭古田賊其酋願悉歸侵疆輸王賦加

他州縣又省諭斷藤峽賊亦願通江路不阻過往來
朝議嘉之賜名永通峽公又命偏裨統兵瀧羅滂積
年惡猺皆率衆歸欵各處據險肆惡者聞之悉畏威
怵惕不復敢喘息已巳春陞南京戸部尚書七閱月
而郭夫人訃至數日奉命改左都御史掌院事命乘
傳赴京而公已解官奔喪歸矣賜祭仍遣官治葬事
江西盜起兇燄日熾辛未四月詔起公於家總制江
西等七處軍務公廹於上命即日墨衰就道不敢復
辭至則督兵剿賊尋以本地兵寡弱乃調兩廣土兵
擣賊巢穴壬申二月剿撫州之東鄉五月進剿南昌

之姚源七月又進剿瑞州之華林山俘斬多至二萬
餘衆還所掠千餘人三郡皆建祠肖像事公立碑以
紀其事加太子少保廕一子爲錦衣衛世襲百户公
又以大帽山等處賊寇連年不靖督閩廣南贛兵攻
之皆大有俘馘其年冬公疏乞終喪上以公孝情懇
切特允所請尋廕從子善恭爲國子生乙亥九月吏
部會廷臣議以兩廣總督巡撫難其人推公仍舊任
加太子太保公懇疏辭免不允丙子三月公再蒞梧
即遣長子善道詣闕謝善道原官錦衣衛署百户至
是兵部以公前日廕子恩奏加善道錦衣右所見任

正千戶制可蓋異數也公以兩廣用兵全資鹽利而
鹽利之徵不取之於鹽竈惟取之於商乃一一查復
舊規至今行之官商兩便又以廣東鹽利外惟鐵稅
爲大往時利多不歸於公府乃集群議立廠佛山堡
徵收而公用始有所資南雄府之保昌縣舊有虛糧
七千餘石每年責令見戶陪納公以本府太平橋所
抽稅銀歲不下萬餘兩多入私門乃以稅銀四之一
代納又以潮州府所轄諸縣亡戶米及失總米共五
千二百餘石均派無干之民者亦於本府廣濟橋鹽
利內如數代納又令全州官田米八十餘石本色折

銀中半徵之如制而無徵絶戶米通令折銀由是多
郡疲民始獲少甦又以海賊數爲邊患督官兵窮追
至外洋焚其僭用龍衣等物前後斬酋招撫及殺傷
墮水死者二千三百餘人又以府江賊勢流毒不已
督率副總兵等官分道進勦俘斬首從賊徒甚衆丁
丑正月加少保仍兼太子太保左都御史廕一子爲
錦衣世襲百戶且獎勵公勅其回京蓋自撫平孟養
至是凡降勅獎勵者八前後賜白金一百三十兩文
綺十又四各有副又特賜金織衣三襲大紅蟒龍衣
三襲玉帶一圍盖上以公久勞邊徼累著勳庸故惓

惓不忘如此初公再涖任見事體法度視前日大異心欲修復力苦難為又同事議多不合雖督兵禦寇日不暇給不容不以老病辭而上之眷倚日益隆重其批答之語謂公長才宿望威愛素著前後總督軍務深得兩廣民心累建勳庸人咸倚賴正宜盡心討賊以副委任豈可累疏引疾求退至是恩命加隆公益感激無已雖奉命就道而深以府江賊患為慮奏欲移平樂守備官於昭平增撥民款弓兵哨守巡邏而於沿江之地凡山勢險峻賊難踰越處所則無事隄防其餘但有徑路可通賊行者或堆砌亂石以塡

塞之或斫取大木以阻遏之至稍平去處則開掘深阱斷其往來仍調柳州慶遠田州三府壯勇士兵三四千名分耕沿江拋荒田土官司各以牛具種子給之仍給以行糧暫於梧州府庫貯官銀或倉糧查給待荒田成熟罷給五七年後量輸租稅仍於其中擇其素有謀勇衆所推服者立爲總小甲以管束之又數年後事體既定或設長官司或設巡檢司令其分番往來哨守巡邏而民欵弓兵始一切不用兵部議

上詔以公久督戎務熟知軍民利病令鎮巡官一一如所擬施行務及時整理以爲久遠之圖識者謂公

言鑿鑿可行上意又銳欲行之惜無有能奉行之者
至今邊氓猶以爲恨公感上知遇歸自蒼梧不復敢
以病辭丁丑九月自武昌北上十月至許州數日磁
州又卧病武安連疏乞歸不得命而病勢日增乃自
武安徑歸就醫治疾具疏以聞旣而連得溫旨有云
朕念卿久勞於外玆特勅取回京吏部其卽遣人促
之北來以副委任又云卿累朝耆舊德望老成已令
吏部促之回京宜勉承朕意不必固辭又云卿才望
老成朝廷方切倚任還令鎭巡三司等官促來供職
今後不必再辭公捧詔感泣曰上之眷我至矣金雖

老病敢不誓以死圖報萬一哉時武廟南狩公夙夜
憂危己卯十月遂星馳至京庚辰六月手勅吏部命
公掌都察院事而加原掌院事都御史王璟太子太
保公辭不許又奏乞休退不允先是公在兩廣時以
郴桂樂昌盜起督廣東鎮巡官合兵攻之至是廣東
巡按御史奏捷於朝有旨廕公之子一人於原受廕
職事上加陞一級兵部議以公次子善長爲錦衣副
千戶如詔旨又以公長子善道軍功陞錦衣指揮僉
事公皆不能辭也辛巳四月今上御極公連章請老
五月始得俞旨令乘傳以歸善道亦得請還家侍養

於是公之年七十有五矣家居未幾以上尊號恩有
司月給米二石歲給夫二人嘉靖戊子九月又以上
徽號恩有司具綵段羊酒問勞衆方期公壽祉益綿
而不意受恩甫數日遽以疾不起矣嗚呼悲夫先配
曹氏累贈一品夫人繼阮氏贈淑人再繼張氏累封
一品夫人先公五年卒賜祭賜葬與公同塋者也子
男二長郎善道娶郭氏次郎善長娶李氏女六長郎
吾妻累封一品夫人先公四年卒次適都指揮僉事
劉昇次適池州府知府韓楷先公二十年卒次適雷
州徐聞縣丞劉方次適都指揮僉事張坦次許適前

江西按察使楊璋子某善道及吾妻及適兩劉韓三氏者皆阮夫人出善長及適張氏女及許適楊氏女皆側出孫男幾人某某女幾人某某公長身偉貌嚴重剛果望之有毅然不可犯之色筮仕之初卽慨然以功業自期明究法律練達政體於本朝前輩可爲模範者恒舉以自勵與人論事亹亹不竭聽者忘倦事無小大所見旣定自信不疑剸繁處劇從容酬應訟諜塡委剖決如流凡判斷公移書於紙尾者雖出於尋常應答亦靡不周悉詳盡僚屬見者皆錄之以爲法一時敏達者咸以公爲稱首歷中外五十餘

年每莅一官必務盡其職業恪勤夙夜不少自逸至以文臣兼武事馳驅戎馬間所在皆茂著勲烈而在廣之東西其功尤偉晩而總憲内臺曾未數月遽求休退故雖位極三孤壽踰八袠知公者猶以勲業未究爲惜所幸聖明在御體貌大臣每全終始故公雖里居累膺恩賚及屬纊後賁終之典尤備生死榮哀其亦可以無憾矣銘曰

荆山崔巍楚江淵清孕靈毓秀傑人挺生其傑維何雄姿偉畧才與時逢厥施又博始令一邑上下稱賢北南臺察風裁凜然乃進臬司乃陟方伯威行惠流

盜屏奸華遯彼滇土夷獠竊蟠節鉞蒞止邊氓舉安
召入留都以佐邦計蠻獞縱横尋煩撫治炎天瘴海
前後六年師行寇殄閭里晏然皇心欣欣爰加殊錫
玉帶蟒袍於公何惜位正司徒席不暇煖總制江西
妖氛載滌帝曰卿某勞勩孔多不入佐朕人其謂何
公拜稽首臣實老病鑾馭南巡倉惶受命今皇嗣服
方軫老成遽求謝事以遂高情公雖還鄉恩眷不替
寵賚屢頒如侍殿陛郵典優渥以賁其終一時儕輩
孰與公同英靈之氣奄歸川嶽竹帛勲庸終古如昨
壽春之原巍巍穹碑勒銘紀實百世之思

大明故思明府同知贈奉政大夫陳公墓碑銘

予友思明府同知介軒陳公自予髫齔時與之同筆硯及予妻公從妹後又累世爲婚姻情好益篤其没二十有八年矣墓上有石無辭其子順天府通判邦傅禮部主事邦偁以屬於予牽於事久老病纏綿不果作邦傅陞雷州府同知便道過家展墓今將赴任連日偕邦偁踵門來促乃取狀閱之歎曰公廉吏其治思明及監收梧州鹽稅清白之操皦如氷雪惡可不特表之以爲世勸哉思明夷部前此官於其土者賄賂交通富及傔從公之蒞思明也其酋長物故已

久遺孫黃暘將嗣職公嘗署牒循故事以金帛贈公峻郤之部族黃紹爭職據曠村以叛所憚惟公遣人致厚賂於途公叱遣之去龍州土官趙相不法公承檄鞫之同事者入其賄將有所輕重公不許卒置之法梧州鹽稅先是監收官以贓敗者十人而五總督藩都御史蕃特以委公數月所入幾倍於舊歲終當代總督難其人復以委之無幾浩然動歸思總督閩之方將以公名首薦剡而公已以末疾不起矣囊無一緡之蓄總督令官賻之乃克棺斂歸葬嗚呼若公者豈不賢於人遠哉公諱璲字仲和介軒其别號也

陳氏世居茶陵之蒲江在勝國時有諱宏者隱居不仕其弟泰以延祐初科進士官龍南令嘗賦天馬有聲鄉闈人因號爲陳天馬宏生光裕字南賓以字行元季舉進士官全州路學正因家於全洪武初徵爲國子助教晉蜀府左長史獻王賢之以安老名其堂所著有安堂文集傳於世公之高大考也曾大考諱士大考諱朴以經明行修任閩之縣幕後舉應天府鄉貢棄官歸隱開門授徒多所造就晚號冲素贈工部右侍郎考諱表號冰月累封通政司左通政贈工部右侍郎敦厚謙謹鄉稱長者妣蔣氏封安人累贈

淑人生四子伯曰瓏第成化戊戌進士累官工部右侍郎仲曰璘季曰瑛皆以輸粟授冠帶公其叔子也襟宇坦夷居家篤孝友之行侍二親側寒煥食飲亦必求適其意兄弟怡怡無一間言勵志力學雖祁寒盛暑不少懈成化癸卯以禮經舉於鄉累試春官不利宏治己未謁選銓曹試居優等遂有愚明之擢既蒞任不以黃賜爲少一以誠信待之延儒生教以禮義每旦必共升廳事俾其下以次參謁退則與之從容談論久之知黃賜之信服也因密語以左右之害民者盡逐之凡藩臬所下符檄力贊行之無廢格者

民有赴愬者必推情示法務服其心其長或聽斷弗
當必爲之平反而後已他如計民出兵立之什伍以
分狼兵之勢計戸出租以給土官而土官不得過取
於民立籍制民田使强弱各有分地以興農事擇子
弟之俊秀者聚而教之社學俾知以俎豆易弓弩惠
民厚俗之政次第舉行人無不稱善者嗚呼公官止
一郡佐又不久於其位其所建立猷爲焯焯著聲蹟
使人望之有不可及之歎假令位有大於此而又久
焉其聲蹟烋赫當何如哉予因慨夫士君子持身之
大節葢莫有先於廉介者公一以介名其軒終其身

所守不變而凡儀刑於家施設於官莫不於此焉基之士君子不能廉介而欲建立猷爲焯焯有聞於世亦何可得哉予故掇其大者碑而銘之狀出張司業星與楊中允維聰所作誌姚修譔淶所作傳倫修譔以訓所作介軒記述公懿行善政尚多可互見也公沒於宏治甲子十月丁卯距其生天順丁丑八月壬子得年四十有八葬以正德丁卯正月乙丑墓在城南春吴山之原沒之二十二年以子貴贈奉政大夫其年鄉人祀公於學宮議者以爲甚合公論云配唐氏郴州守諱蔭之長女敬愼儉勤凡所以爲婦爲母

者皆可以爲宗鄙楷式贈宜人子二人長卽邢傅次
卽邢傅皆以學行忠節有聞於時女三人長適平江
縣學教諭唐淑次適弓子詹事府主簿蔭塏二子二
女皆宜人出次三適張梅側室黃所出孫男三人曰
鵡曰鷗曰鴞女四人長聘蔣知府淦之子視次聘弓
長孫務樵次聘蔣副使彬之子貞吉銘曰
吾全文獻首稱陳氏繇茶陵來肇自元季簪組相承
歷五六世卽流尋源夫豈無自安老冲素明道正誼
立德立言醇古罕儷惟恩明公善述善繼其在家庭
孝友天至逮官荒陬爲清白吏齧檗啜冰終始一致

德教所加改聽易視守固方介政實平易擬之古人
蓋亦無愧春昊之山風氣幽閟松楸鬱然穹碑贔屓
太史勒銘以詔來裔

重刻蔣文定公湘臯集卷之二十五終

一園俞當藹校字

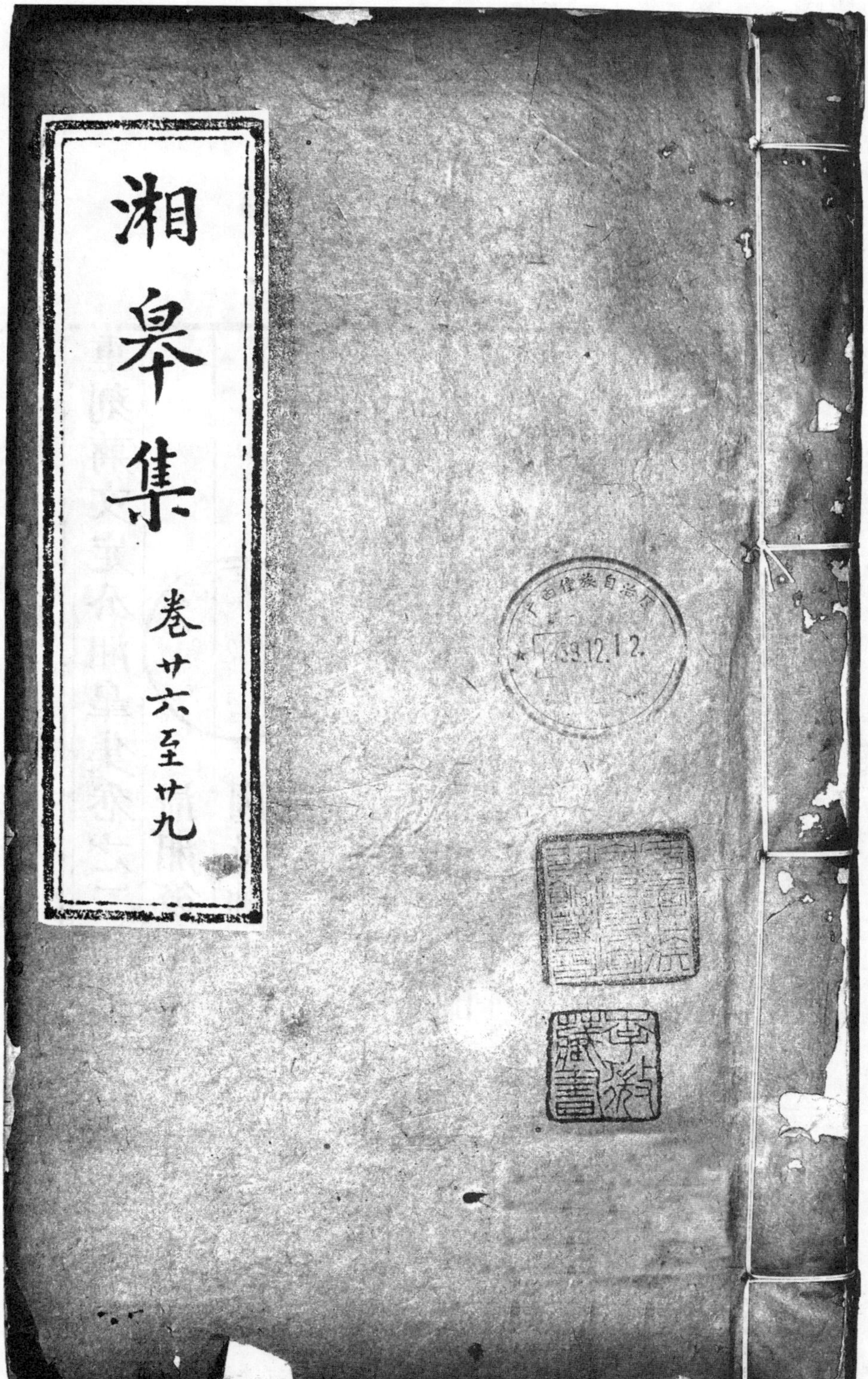
湘皋集
卷廿六至廿九

重刻蔣文定公湘皐集卷之二十六

清湘後學俞廷舉重編
闔邑紳士　同刊

墓志銘

明故鎮守雲南征南將軍太子太傅黔國公贈特進光祿大夫右柱國太師謚莊襄沐公墓志銘

自黔寧昭靖王以西平侯奉高皇命統兵下雲南留鎮其地繼以王之伯子惠襄侯仲子定遠忠敬王及忠敬之子榮康公未幾而忠敬叔弟定邊武襄伯之

孫右都督東樓居士繼之既而東樓之弟都督同知
與榮康之子武俖又繼之以至於公首洪武癸酉訖
正德巳卯公卒之年傳五世歷八人閱百四十年世
篤忠貞敷宣德意綏輯民夷前後如一日忠敬在鎮
餘四十年佐以武襄雖國封啟於忠敬而益固封守
安內攘外則武襄之功尤有不可泯者武襄諱昂公
之高大父也曾大父諱儔錦衣衛副千戶贈右都督
大父諱瓚卽都督同知父諱誠錦衣衛都指揮使充
右參將嗣守金齒母徐氏生母李氏俱封夫人以成
化壬寅　月　日生公生甫九閱月而參將沒大母

賈夫人育之宏治庚戌賈夫人没公雖童孺已哀痛
如老成人明年授錦衣衛指揮僉事以年纔十齡如
例優給初武僖無子以公爲後丙辰武僖卒廷議謂
公於武僖爲從孫止宜嗣昭靖初封侯爵事下雲南
守臣復議咸謂百餘年來雲南人習知黔國公之稱
一旦改公爲侯而稱西平恐人心驚疑或致生變孝
廟俞其議命公不必赴闕就彼嗣公爵勅佩征南將
軍印鎮守雲南時宏治丁巳之十月己卯也踰旬仍
特詔諭公親賢取善修德進學以不墜前烈公既拜
稽受命旦夕惴惴思所以仰副聖訓以光世美者事

無小大必謀之寮寀訪之耆舊務俾允合人情不違法制而後行之令嚴而不苛法簡而能信自食采外毫髮不取於人所部文武吏士蠻夷酋衆無不服其廉靜政務既修乃簡閱士卒繕治城守汲汲以攘寇安民爲事庚申統兵剿龜山竹子箐及梁王山等處蠻賊寇平而人不擾辛酉孟養侵孟密境土檄三司撫諭之復其村寨十三處壬戌偕巡撫都御史應城陳公會貴州守臣合兵討普安賊婦米魯及蠻賊福祐等首惡就戮餘黨悉平正德丁卯師宗州賊張長受等未安南長官司土舍那代相繼扇亂流刼鄰近

郡邑公次第剿平先後事聞降勅褒諭者三加歲祿至百石者再賜白金文綺者五丙子加太子太傅丁丑以母夫人李氏柩將祔葬南京祖塋懇乞護送疏至三上朝廷以公未可離任不允而優詔褒答特深委重焉己卯六月十八日以疾卒於正寢得年三十有八訃聞天子嗟悼輟視朝一日命有司給棺斂賻米五十石布以疋計者如米之數贈特進光祿大夫右柱國太師賜謚莊襄工部營兆域自初喪至祥禫遣官諭祭者十有四親王亦再致祭䘏典優渥近時勳臣家蓋鮮儷云公諱崑字元中姓沐氏別號玉岡

自幼端慤凝重寡言笑喜慍不形於色見者謂其有忠敬風槩而學問之力尤有過人者天性明敏好學不厭未弱冠於六經子史騷選與夫紀纂言諸書多所記覽偶爾談及輒亹亹弗能休稠人廣坐中分韻賦詩伸紙立就酬答書疏會議政務皆出手筆公餘或憩棲鳳亭或登望宸樓招延賢士與之討論文義往往至夕忘倦先師大學士瓊臺邱公嘗記武僖忠愛之堂公讀而愛之手書數過刻置廳事日必三復焉先世述作文字亦多編錄刻梓以傳於世家人子弟中擇其俊秀者習字學使之錄家乘及古今異書

強壯有力者讀兵家書操演武事盖恐其駻逸無所用心或博奕飲酒漸至驕惰也公雖酷嗜文墨未嘗玩物喪志冠帶終日勤於政理在鎮二十一年終始無少異其卒也軍民爲之巷哭者所在成市商賈緇素往哭於其家者踵相躡於途公之所以得於人者槩如此配樊氏駙馬都尉凱之女封公夫人繼孫氏南京某衛指揮某之女子男一紹勛嗣公爵繼鎮雲南女二皆在室俱樊出葬以卒之後六年甲申是爲嘉靖三年其月日則某月某日也墓在江寧縣長泰鄉祖塋之次先期嗣公遣使奉事狀以墓銘見屬予

雖未獲識公而毋黨舊隸戎籍於通海在公所部辱
公推愛也久書問往來垂三十年於公履歷知之爲
悉義有不容辭者故旣序其事行而復繫之以銘銘
曰
昭靖下滇遂鎮其地歷八九傳閱五六世懿哉忠敬
肇啟國封益固封守武襄之功厥孫東樓下逮其弟
委任儲祥莊襄來繼祗遹先德文武兼優安內攘外
紓南顧憂孰爲不庭提兵往討馬蹄所經飈馳電掃
竹箐底定孟養載寧師宗安南以次削平厥勳疇鉅
日擒賊魯自玆百蠻孰敢予侮惟滇萬里隱然長城

豈謂一旦遽圮以傾當宁興喟美謚爰錫三師穹階
於公肯惜嗟嗟後裔思纘前聞惟忠惟孝以報吾君
高墳峩峩貞石有紀嗚呼莊襄其藏在此

雲岑葛惟高墓誌銘

京師有豁達疏爽之士曰葛君惟高者公卿大夫士多稔其姓字而樂與之遊其家在城東委巷中僻處時時騶呼屬路不絕抵葛氏門之外頓止騎乘塡委行者或不能往來每元夕張燈於家達官貴人率駢聯來觀分曹排日至仲春始罷君好法書名畫及古奇器遇有所見輒倒囊求之不問有無出入埃壒中耳目謏謏然專求其所好以是怪奇偉麗工妙可喜之物連笥溢篋客至則呼傔從出之相對展玩蓋君之好客頗有鄭當時陳孟公之遺風造請邀致夜以

繼日猶恐容之不我屑也而欲以是娛之非徒役志於耳目之玩而已方君年少氣銳時亦頗有志世用嘗治舉子業事進取已而棄去從石征虜薦出贊大同幕府以功當授武階君雅志不在是欲以武易文格於吏議不果遂去而商於淮楊間居亡幾何擁鉅貲歸京師久之始以輸粟得旗手衛正千戶作室於居第之南以蓄其所有旦夕偃仰於其中不出戶者餘十年然君於天下之務當世之利害顧無一不知或言之皆能中其肯綮既挾其能漠然無所向則斂其智慮以從事於其所好其志固將有在不知者遂

疑其有慕乎意氣敢往之豪如朱家郭解所爲欲因
而闕說縉紳以稱雄於閭里則亦過矣君諱嵩惟尚
其字雪岑其別號也系出宋參知政事邵曾大考諱
元正大考諱永常考諱苓號栢崖三世皆隱德弗耀
曾大考以上世居蘇之吳縣入國朝大考始以藝徙
金陵永樂初栢崖又扈蹕從京師隸籍錦衣衛故今
爲京師人栢崖娶韓氏繼蔣氏周氏生四子君爲之
長韓出也其卒在宏治癸亥八月十七日其生正統
丁巳七月享年六十有七配張氏次亦張氏皆有淑
行先君一二年相繼卒其年月日則爲辛酉八月十

四日及壬戌六月二十一日子男六人長元禎亦先卒次元明亦以輸粟授冠帶次元禧次元礿次元祐女二人長適王蕙次適大寧前衛千戸魏棠孫男三人艮金艮玉艮器女三人長適西寧侯子宋艮臣當嗣爵者其二尙幼葬以卒之年十一月七日墓在崇文門外東皐村祖塋之次以二張氏祔於墓之左右先事君之季弟惟峻來元明奉其嫡刑部員外郎蔡君元敬狀謁余文銘墓予嘗與君往還而惟峻又於予有連義不得辭也爲之銘曰

人之於物可以寓意而不可以留意君子雖知其然

而亦曷嘗不如是嵇康之鍛阮孚之屐初未聞其有聲色臭味也而乃樂之不置以君之能曾不得少見於世優游終身無所役其心智則其以玩好自娛且以娛人也抑何害其爲達人之高致維墓在兹風氣清閟後有趣向不殊來瞻松梧者尙以是而求君之志

明故昭勇將軍掌旗手衛都指揮僉事徐公墓志銘

公諱勝，字德之，別號松軒，姓徐氏，世家廬州之合肥。高祖五公以孫貴贈懷遠將軍同知金吾右衛指揮事。曾祖諱文，當高廟龍興初，以材武隸費元帥部下。歲癸卯，率衆歸附，遂從征討。洪武末改燕山護衛。未幾從文皇帝入靖內難，累功官金吾右衛指揮同知。祖林嗣其職，用薦陞都指揮僉事，典戎務，能名聞一時。父海嗣授指揮同知，景泰改元，以誅北虜功進指揮使，又進都指揮僉事，授昭勇將軍，改旗手衛。毋陳

氏贈淑人繼母高氏封淑人公資性沉毅未弱冠已
莊重如成人見者知爲將種然公不以武藝自足日
從儒生問書史務通其大義而於古名將尤所歆慕
既嗣父職即被推擇入武學司教王先生甚器重之
會保國朱公永大司馬余公子俊偕奉詔旅試武學
諸生閱公騎射及所對策奇之俾總練士於三千營
尋受誥階昭勇將軍踰歲兵部又俾公掌旗手衛事
旗手職專陳設鹵簿大駕凡歲首大祀天地公必率
其屬供事旗纛前陳公騎而隨之於後景荷麒麟緋
衣之賜人皆以爲榮久之又用遂安伯陳公韶偕內

外諸司奏進都指揮僉事俾居三千營主宣令於下
所莅將士皆服公舉措之宜而大司馬馬公尤才公
不置每邊陲將領缺人輒有意屬公一日與公論事
見公言議侃侃不小屈亟欲用公盖亡幾何而公已
以疾求解任矣公雖里居猶惓惓國家事間與縉紳
士語及時政率自謂其中懷或有所私憂過計者恒
耿耿不能忘於少陵一飯不忘君之心若深有所契
於其中者冢子永應武舉中式尋奉命經畫於寧夏
以公老戀戀不忍別公正色遣之惟勉以圖報國恩
以勿貽羞先世永既至寧夏書來輒以不獲朝夕左

右爲戚時公已卧病命次子遠作書貽永猶以前說爲勉語不及他配丁氏太僕少卿原之女閨門懿行足配君子封淑人生子男二長即永嗣授旗手衛指揮使陞都指揮僉事初娶寧夏副總兵文女繼娶太常林卿章女三娶陳千戶某女次即遠習舉子業娶李詹事泰之孫女女三長適都督李瑾次二尚幼孫男三女一俱幼公生於宣德甲寅八月十二日卒於正德己巳六月二十二日享年七十有六以卒之明年十二月十八日葬於某山先塋之次前期永率遠奉其友中書舍人田君龍所狀公行屬予銘予交公

父子間久矣義不得辭爲之銘曰
允毅徐公武弁之特才足統戎智能謀國屬世承平
卒老京營雖抽厥緒未罄平生譬彼奇驥力可千里
厄之轅間果誰所使帝圻之北峩峩高墳尙有後嗣
載揚其芬

明故中憲大夫廣西等處提刑按察司副使廖

公墓志銘

嘉靖六年春巡撫兩廣都御史以田州餘寇猶未就擒檄廣西按察司副使廖公往處之公至南寧忽得疾醫診其脉謂身雖不病而脉實病甚恐疾至炎暑不可爲公卽星馳還司欲遂解組歸故鄉寮寀諸公見公飲食起居如平時謂必無他變留之未幾疾果增劇而卒是歲之六月六日也其子瀚聞訃奔至桂林率諸弟扶柩歸九江奉僉事申公所狀公世出事行介申公書求銘墓中之石辭弗獲乃按狀序而銘

之序曰公諱紀字惟修姓廖氏其先自臨江遷黃梅
洪武中初設九江衞於湓城令近地民三戶出一兵
隸戎籍廖氏與焉故今爲九江人曾祖諱榮貴妣周
氏祖諱暹妣馮氏考諱震從征兩廣蠻寇以功陞百
戶後以公貴封工部虞衡司郎中妣潘氏贈宜人生
七子其二公也自幼穎敏勤學問年十八入德化縣
學爲弟子員宏治十一年以詩經中江西鄉選十八
年登進士第試政數月適正德改元朝廷以浙之安
吉縣爲州難其守銓部謂公明敏嚴重首擢知州事
先是民之居鄉落者多恃其險遠凡有徵呼輒避匿

甚或旅拒弗靖有弄潢池之兵者公既抵任鋤強薙梗令出惟行於閭左善柔則又加意扶植由是不逞之徒莫不俯首斂跡無敢復肆徵糧令下未旬浹間逋賦悉送上官無敢後者民既革其故習士風亦為之丕變科目數十年乏人至是遂有領薦賜第者有識者皆曰此賢守造就之功也在任四年巡按御史奏請旌擢及以禮獎勵者凡十有五尋陞南京兵部職方司員外郎二年進禮部儀制司署郎中仍在南京未幾丁潘宜人憂服闋改工部都水司郎中專治濟寧以北河道數月調虞衡司歷兩京四司滿一考

以最受誥階奉直大夫仍封厥考及母妻贈封皆如
制又數月轉營繕司時方營建乾清坤寧二宮派工
費於天下府州縣者計數百萬權貴人與司其事者
肆意侵牟部從史及工作之長糾結爲奸利其爲公
家經費不過五之三四而已物議雖沸騰彼堀穴詭
秘莫可究詰公立法勾稽累年積弊蕩滌殆盡聲譽
由是勃勃以起而從旁側目者已不勝其憤矣銓部
恐公爲彼所中擢知延平府事四閱月以虞衡府君
憂解官歸俄値寧庶人之變賊據九江城內外居民
皆走避公獨守父柩不去後居喪走避者其父母柩

多爲賊所焚燬獨公之父柩巋然無恙人謂爲孝誠所感云服再闋改知平陽府未二年遂有憲副之擢在廣西未滿一考中間遞職往來餘一年復任未半年遂有南寧之行以至不起上距其生成化甲午某月某日得年五十有四葬以卒之年十二月某日墓在某山之原公世居溢江之上因別號溢江人亦從而稱之配馮氏封宜人子男五長瀚次洞俱馮出瀚九江府學生次沖次澈俱側室所出皆習舉子業最幼者未名公沒後三月始生女四陳愚雷電翁鶴邢奎其壻也孫男二孫女一公敭歷中外餘二十年所

至皆有聲績操持之嚴終始一節其在安吉營繕之政尤爲士大夫所稱道於法不可以不銘也銘曰

我車既馳周道孔夷胡不千里遽爾尼之孰豐其予乃嗇其施以遺爾後爲裘爲箕維天之報寧不在茲納銘幽室百世之詒

封文林郎四川道監察御史石公墓志銘

楚之黃梅縣有隱君子曰石公從吉以子監察御史金貴封文林郎四川道監察御史豸繡在躬光映閭里郡邑有司咸加禮貌楚之縉紳仕於中外及藩憲長貳與夫臺察撫巡諸公經公郡邑者莫不禮於其廬鄉閭之人無賢愚老稚卑皆欣慕仰重然公未嘗挾是以驕其族婣里黨謙和恭遜無異平時鄉民有詭增虛稅售田於公者既數年覺公知其欺也將求公歸田轉以售之他人公不聽曰田既久為吾家所業何事轉售他人乎竟不問其欺也其撫宗族寡弱

者其有恩義族人子女以貧故昏嫁失時者數人聞公訓戒一一如期昏嫁内而家庭之間事父母甚孝待諸弟甚友諸弟曰遠曰道曰通雖已婚娶而於一門幹蠱之勞公獨任於已略不以累之父晚年將析産以試諸子之能成立與否公既勸弗能止則田疇貲器一惟父命彼此美惡弗論也公之爲人如此故其卒鄉族遠邇莫不歎悼焉其葬也予既取公平生嘉言善行大書之將以表於其墓御史謂表特揭於墓上銘則藏諸墓中二者不可缺一也再懇請焉予乃志其世行而系之以銘石氏世居縣之新城鄉公

之曾祖諱仲旻祖諱竭父諱順母姚氏公諱逼從吉字也生於成化二年丙戌五月甲子年六十三以嘉靖七年戊子四月壬寅卒其年某月某日葬於縣之某鄉某山配管氏同邑處士儀之女封孺人子男四長即御史金次鍊次鏌俱邑庠生次鎡孫二長溥鎡溥皆習舉子業次某尚幼曾孫男可久女某志所略者既詳於表矣然亦可以互見云銘曰

是惟石封君全歸之處風氣攸聚千百世之後昆尚毗焉其垂裕

明封太孺人陳氏墓志銘

編修湛元明初領鄉薦例當北試春官以其母太孺人無他兄弟侍養不忍離左右家居者十有三年太孺人強之始北上既第進士入翰林爲庶吉士甫授編修即假奉使宗藩之便踉蹡星夜走嶺外迎太孺人至京既而太孺人以三女在故鄉五年不相見思欲一歸元明又奉命册封安南國王遂便道侍太孺人以歸久之元明將畢使命於朝欲即請告歸養以太孺人素謂京師風土甚適重違其意復奉以北上至未踰年俄以病𠛬起正德乙亥正月二十日也初

太孺人之未病也體貌日益加豐齒落更生髮白還黑衆咸以爲壽徵詎意其一旦以病而遽卒也於是元明痛恨哀慟若不能生者將扶柩歸葬奉其友張檢討秀卿狀造予請銘予爲之慼然乃諾而書之太孺人姓陳氏廣之增城人世居其邑甘泉都之沙村其父壽官諱斌始遷西洲去沙村十里許以貲雄於鄉母熊氏生三女太孺人於次爲二自幼事母以孝聞與其女弟處甚相友愛既笄歸於湛是爲封編修怡菴公之配怡菴公諱瑛元德慶路總管治中露之後所居沙貝村亦隸甘泉與陳君同都又門戸相埒

故因委禽云怡菴公剛嚴少欵曲太孺人事之惟謹庶姑性悍戾家人無相協者太孺人與之處遂閨門雍睦無間言姻黨莫不稱之性沉靜不妄語笑行必以扇自蔽雖早紉請見未嘗輕與之見每晨興必以黎明爲節二鼓乃就寢有事則三鼓始寢率以爲常於菓蔬脯羞之類必手自區擇以上下其用未嘗有妄費者其勤與儉蓋其性然也怡菴公既蚤世太孺人孀居於其母家餐糲衣故惟切切以教子爲務元明既領鄉薦猶遣之從白沙陳先生公甫遊及元明官翰林蚤夜尤以勤學礪行爲訓可謂賢矣元明平

日交際禮幣與夫祿入之資率以奉太孺人太孺人病且革遺命糴穀七百石建義倉於墳所以濟甘泉清湖二都之貧者清湖乃其所居近里蓋雖垂沒而猶有遺惠以及夫鄉鄰也太孺人卒時距其生正統丁巳五月一日得年七十有九以元明考最恩授令封子男一人即元明其名若水以學行有聞於時女三人溫城何鍾榮李連元其壻也孫男一人東之葬以卒之年七月九日墓在荷塘之原銘曰

由粵抵京水陸萬里從子於官如踐階戺既至而安五閱星霜歸且復至并州故鄉不似恒情去家戚戚

心惟願子名成德立匪子斯孝曷彰母慈在其子者
母實爲之歸而全焉目可以瞑升屋三號奚必闇井
母雖無憾子則孔悲何以慰子刻此銘詩

明故靖江王府左長史胡君墓志銘

嘉靖庚寅六月七日靖江王府左長史胡君卒於位其子坤等具事狀奉書泣告於予曰吾父幸居先生姻婭之末今不幸死矣願銘墓以慰吾父於九原予曰諾哉乃按狀序而銘之序曰君諱傑字世傑別號松軒姓胡氏其先累世居廬陵國初有諱彥珍者隸戎籍於桂林故今爲桂林人曾大父諱文斌大父諱綱父壽官諱艮母王氏繼沈氏三世皆隱約田里以善人稱至君始力學自奮宏治乙卯以明易舉於鄉明年丙辰會試禮部中乙榜授湖廣安鄉縣學教諭

以壽官公暨沈孺人皆年高未能迎養分祿奉之三考既滿丁壽官公憂既而沈孺人沒先後竭力治棺歛咸克盡禮服闋補浙之上虞縣學僅五載以薦擢國子監學正勤愼謙和上下皆宜之祭酒司業力薦於銓部遂有長史之擢君以奔走宦途二十餘年先壠松楸懸懸在望一旦官鄉郡得遂素願喜不自勝奉職尤謹自正德己卯莅任歷十餘年如一日事先安肅王暨今嗣王皆能導之以正嬖倖用事者多譖毀之君不恤也嘉靖戊子嗣王疏君在任久克勤職業詔加正四品俸級以旌之緋衣金帶鄉人老稚莫

不交口歆豔君尤惴惴焉謙愼有加於前日君在太
學時已一考書最例應給勅命至是始頒之於家其
詞有持身克篤於操修造士益勤於課授之褒蓋君
歷官內外師儒皆以善教聞知君者謂爲實錄云君
生於成化己丑三月十二日得年六十有二配劉氏
監察御史琚之孫子男四人長坤次震俱府學生次
巽增廣生先君三月卒俱劉出次逢見尙幼側室某
氏出女三人長適奉國中尉約遇次適吾兒詹事府
主簿履坦又次適奉國將軍規珊孫男三人甲科登
科來科女五人皆幼其葬以卒之明年九月辛未墓

在靈川縣鄭家村黃牛嶺之原銘曰
仕際清時中外咸宜孰豐其有澤乃弗究悠哉元扃
體魄斯寧厥報在嗣將昌而熾我銘匪私百世其徵
之

滕君景暘壽藏銘有序

出吾全城東北沿湘江而下渡丙水迤邐行數里有地曰蓑衣步岡巒特起蜿蜒回復鬱爲佳壠予姊之夫滕君景暘既穿壙以葬予姊而虛其左以爲壽藏予兄少司徒梅軒先生謂姊墓旣有表則壽藏亦不可以不識也乃相與記憶君之家世與其平生事行大略而命冕詮次如左滕出浙之東陽在宋有諱漢臣者始家於全今爲全之鉅族君名暉景暘其字也祖諱志淵妣蔣氏生子四人其仲諱昱性温厚淳實配周氏有賢行君之父母也三子二女君爲之長以

景泰庚午四月十四日生既娶于姊未數歲父遽病卒君獨奉母撫弟妹蚤夜勤苦過於父存時其後田疇日拓家益饒裕弟時及婉皆長婉且有室二妹皆得所歸母心安焉志其父之早世也夙有四方之志嘗南登桂嶺北遊衡潭過洞庭抵鄂渚晚乃屏跡不輕出先廬故在城北門外君以食指既衆始買地門內築室徙居之雖以城隔而相去甚邇兄弟族屬朝夕往來與昔同居時無異又嘗與從父鼎從弟昳輩修續世譜而於先墓之祭掃未嘗輒以事廢其爲人惇本厚倫槩如此每歲有司行鄉飲酒禮君偕同輩

諸老率深衣幅巾而往見者嘖嘖稱歎以爲鄉邦美事君今年七十有一精力強健不異少壯人其壽考如川之方至也顧有取於斯地非所謂達人知命者邪遂爲之銘曰

滕君壽藏卜吉於此水抱山環勢來形止誰歟在右曰維吾姊德罔不同信哉齊體君算方遐鮐背兒齒何時來歸再十餘紀子且生孫孫又生子雲仍繩繩侑于百祀

重刻蔣文定公湘皐集卷之二十六終

一園俞當藹校字

重刻蔣文定公湘皐集卷之二十七

清湘後學俞廷舉重編
闔邑紳士　同刋

墓表

處士滕公墓表

公諱昱姓滕氏先世居金華宋贈吏部尚書涉之子漢臣來游於全因家焉世居城北門外曾大父烝民大父思恭父志淵世以德義相承至志淵翁家益饒裕今年八十有四精力不衰步履飲噉如少壯人公生而聳拔負異稟人奉親極其孝敬母蔣卒哀毀逾

禮事大兄晟甚恭撫弟昇鼎皆篤友愛滕氏族大以蕃內外親婣衆至數百公處其間稱物平施咸令乎宜疏戚遠邇舉得其驩心治家嚴明而有法度奴僕卑幼犢之皆得其所嘗遊衡岳江漢間所至與其賢豪交雖以商名而心則不顓在於利卹貧憐老尤好施予義之所在傾囊弗顧與人謀事苟可用力盡意爲之吾全凡寺觀之興祠廟之建橋梁之創道路之修公必與有力焉不能縷數也奉親暇日課家僮治農圃辛勤儉約不憚勞苦以茲克承世業益大振起性酷愛山水嘗卽家居北二十里許治地一廛買田

若干畝誅茅爲屋引水爲池種樹爲林蓋將俟其旣老優游其間以終身焉而忽得一疾竟弗瘳矣時成化癸巳十月七日也公生於宣德庚戌二月四日至是卒得年僅四十有四耳可勝惜哉配周有令德凡公善行雖由資性稟賦之美然亦周贊助之力居多子三長暉娶蔣氏廣東斷事諱艮之女冕之女兄也次時次曉郡庠生女二長適廖洪次許適蔣潤孫女三公卒之年十二月四日權厝於三里橋之北暉常惕然以爲非土厚水深之地自時厥後遇形法家必極力承奉欲因以得善地一郡名山峻嶺行跡殆遍

奔走數年迺始得於黃華嶺之陽以葬焉歲丁酉十二月十二日也嶺去城餘二十里險阻隔越人跡罕至暉迺能殫心竭力以葬其親葬已寓書金臺命冕爲文表公之墓冕諾之而未遑也至是南旋每一聚首必趣冕踐前言嗚呼公今不可作矣柳山湘水之間求復有如公者胡可多得邪追憶癸巳秋冕侍嚴君歸自羊城拜公於家公即亟稱之時冕甫十歲雖無所知識然目公之顏溫乎其有容也耳公之言厲乎其無窮也意謂公壽蓋不止此豈意厥後止再見公而公遂不起邪當是時嚴君既哀公以詩復祭公

以文明年春而嚴君亦不起矣嗚嘑痛哉今則幾十年矣晃常誦夫詩若文未嘗不流涕也然則墓表之作非晃其誰用是表公善行如右以示後之人

袁府君墓表

有蘄然縗絰詣吾門而求謁者肅之入則吾叔母袁安人之兄子瑢也與之坐未定遽作而言言未脫諸口而先潸然出涕以悲問之則曰瑢之先人不幸棄瑢輩去矣平生固於執事厚其爲人亦執事所知也今葬且有日而墓石未立敢稽顙以請惟執事憐之盖瑢之先公平生於倫紀最篤同産止一妹早寡居貧養孤子公所以撫念而惠顧之者甚悉其妹守節今餘四十年朝廷將下旌門之詔卽予季父諱文府君之配前所稱叔母者是已予幸簉屬太史氏世之

厚倫紀者苟有所聞皆當爲之紀述況公之篤其友
愛於予叔母也其事多予所目擊者卽此亦可以槩
公之平生而表於其墓矣尚何辭以辭遂爲之表曰
公諱淳字永篤姓袁氏世爲全州人族人以蕃今州
城北東鬱然喬木蓋袁氏之宅居多爲里正者凡五
公家其一也有諱仁夫者家貲甚鉅而酷嗜浮屠教
城中有寺曰高山乃其所剏寺稍弊其子孫輒修葺
之迄今倘然則公之高祖也曾祖仕傑祖孔學考希
忠妣許氏繼唐氏公唐出也謹慤重然諾周人之急
若其厚倫紀篤友愛則其大者也其生永樂庚子正

月二十一日其卒宏治乙卯正月初一日享年七十有五配滕氏耆民志淵長女子二長卽琛次璹女五各有歸孫男三應星應奎應暘其葬以宏治丙辰八月二十一日墓在某山之原公生前所自擇也旣固且安尚永利其後人

封主事盧公安人江氏合墓表

嘉靖五年丙戌封承德郎工部都水司主事盧公年八十一其冢子雲南右布政使宅仁方總憲廣西奏求歸養格於例章不果上而公以疾弗起實是年某月某日也先數年公之配江安人卒布政以福建按察使守制家居服闋既久猶戀戀公之左右不忍去公屢促之入京師始復除廣西抵任僅數月遽聞公訃遂解官奔歸將奉公柩以卒之明年某月某日葬於大奧山先塋之次啟安人之窆合焉乃走价奉狀求予表墓予與布政交二十七八年況布政初僉憲

吾廣西至今長憲皆有德於吾民甚厚誼不可辭按狀公諱福字宗賜姓盧氏世居四會縣之龍頭村公取村名爲號鄉人因以龍頭居士稱之洪武初有爲湖廣岳州府知府諱綱者公之高伯祖也祖諱崑崙考諱馴皆隱德弗耀公上承先志雖夙負識量而恬於勢利授徒里中不求聞達蚤喪母事父盡孝生能致養没能致愍克敬厥兄久而無間力於爲善事無小大善之所在爲之恐後人有善必慫慂成之不善輒面折使歸於善族姻鄰黨有所假貸隨力應之不責其必償有忿爭者以一言諭之即定其居鄉信義

服人類如此平生切切以教子爲事布政年十二即遣入縣庠或以幼小未必有成阻之不聽及布政領鄉薦第進士年猶未踰三十蓋公素知其子之賢必能早有成也後三四年布政以都水考績荷恩封公承德郎工部都水司主事江封安人鄉人莫不爲公榮公執謙如常時未嘗有分毫顯貴自驕之態每歲鄉飲縣令佐禮居賓僎之位亦未始數數往也移書布政必戒之夙夜淬礪勉圖報稱以無忘朝廷大賜間爲詩詞以寫感戴不勝之意鄉人邑子至今猶能誦之布政既以公與安人貤封之勅寓歸適廣東調

狼兵有事南海十三村總帥兵無紀律狼兵剿寇歸
競迓路四出行劫至龍頭村公與族人皆避匿防盜
樓中狼兵火樓門以脅之族人猶旅拒公乃身先開
門聽狼兵恣意掠取財物由是一族長幼始獲免於
煨燼安人亦度狼兵虐燄方熾勢必不肯徒手而歸
先取勅命軸什襲惟謹擲置樓下密處徐偕族衆下
樓已而族衆悉被縶縛若羊豕然索金帛無厭久之
猶未盡釋樓亦不免於火而勅命獨存人始服公猝
臨大難能不失其常安人以女婦遭變能知所重輕
尤人所甚難者公與安人平生之聯德媲行觀於此

則其餘可推而知矣江亦同縣著姓安人為某府通
判洋之女性謇斂自初于歸凡女婦當為事於公意
皆能順適奉事舅姑備殫孝敬處娣姒外至姻黨各
當其分尤能以儉勤佐理家政於婦道母道兼盡無
愧先公七年卒壽七十四正德庚辰八月十三日其
卒之日也子男四人布政其長宏治己未進士由都
水八遷至今官有守有為歷任三十年清慎如一日
次曰由義曰崇禮曰廣智孫男七人曰懋道曰懋業
曰懋承曰衍瑞曰熒曰秀濂秀溪孫女一人曾孫男
四人皆幼由義懋道先後以入粟授冠帶懋業庠生

早天惟盧氏之先所積既遠逮公益惇德嗜義以培植之而又得安人爲之配凡公所以勤其身淑其家教成其子非伉儷協志內外相承其何以致之然則偕荷榮封並躋高壽子而又孫孫而又曾蕃昌貴盛皆躬享之且親見布政歷長藩憲於清時勳名所底蓋將未艾貤贈之典如川之方至誠非偶然之故也不大書焉則何以慰鄉邦景慕興起之心敬爲之表

贈給事中孫公暨孺人徐氏墓表

師昌教諭孫公與其配徐氏既以子懋考績恩受勅贈徵仕郎南京吏科給事中暨孺人適予扈蹕至南京懋奉事狀介署郎中徑求予文表墓予寓南京數月每見懋俯伏行宮前力請迴鑾言與淚俱聞者感動其平時在諫垣忠謀讜論言人所不敢言者甚多至扶植善類語尤懇到心甚重之誼不可以不文辭屬時多務未遑執筆既而予北還懋尋遷廣東布政參議進按察副使坐累逮至京下詔獄謫藤縣典史予亦謝事歸田里始得公及孺人葬銘讀之公之葬

銘出予同年友亞叅周公孺人之葬則今太子少保左都御史姚公提學吾藩時銘之亞叅公之同窓友少保又懋之鄉先達其所書皆得之耳目聞見與狀無不合撮其槩而表之孰謂非宜哉公諱文學字宗道姓孫氏世爲慈谿名族祖雷工部主事父嵩母王氏父嘗病泄痢公取糞舐之甘知病且革籲天求代刲股雜淖糜以進乃瘳他日人見其股間瘢痕詰之卽以衣覆之曰嘗病瘡耳母沒時授經嘉禾聞訃徒步奔歸不限晝夜相去五百餘里僅三日卽抵家哀毀骨立悲慼路人其至孝如此自少知務學中歲造

諳益深而屢屈名塲年四十七始中宏治己酉浙江
鄉試後三年癸丑以會試乙科教諭都昌拜命日輒
號哭曰得升斗祿乃弗逮養食寧下嚥耶其居官也
勉盡厥職求無忝乎其先尊嚴師道振作士氣學政
爲之一新科目視舊倍增其數陝西禮聘校文防範
嚴而去取審所得多知名士旣滿九載濱行以疾卒
於官舍宏治壬戌七月二十二日也其生正統癸亥
十一月六日年甫六十卒之又明年十月十七日葬
東山之原徐氏同邑東鄉著姓孺人莊靜寡言旣歸
公克修婦道事舅姑如夫之孝舅病躬調湯藥姑没

經紀喪事含斂一以禮不異夫在侍下時人尤以爲難初公以儒業自奮晝夜淬礪弗少暇逸儒人亦勤所謂紡績織紝者與俱及公課二子學儒人亦偕坐堂中諄諄以孝弟爲訓平生協德往往類此不獨事親大節爲可書也後公五年以正德丁卯五月十六日卒其生正統甲子三月十九日得年六十四卒之明年十一月二十日合葬公墓男二長即懋次栻累試鄉闈期紹父兄之業女一適憲副馮錤之子某孫男若干長爚次炤俱邑庠生餘皆幼孫女二長適憲副龔澤之孫某次適祠部主事馮涇之子某夫孝百

行之首也能孝則其他群行可推而知矣子能孝於
父母人尚難之况婦之於舅姑乎若公與孺人一德
克偕世固不多見也鄉人士有車過墓前者尚軾之
哉

處士潘公暨其配張孺人合葬墓表

婺之處士有曰均四潘公者封大理寺評事加封山東按察司僉事坦之父都察院右副都御史珍之祖也以宏治庚戌十二月八日卒於家春秋八十有二永樂己丑十月二十四日其生之年月日也公卒後之十六年爲宏治乙丑十二月二十六日坦既率其兄子玒琪等奉公暨其配張孺人之柩合葬於邑之上保毯頭段之原命從子屯田僉事珏狀公事行畀諸孫進士錡北上京師求予表公之墓未幾珍貳憲山東屢申前請予以史事倥傯不暇書既得謝歸田

珍以湖廣左布政使被薦擢都憲有巡撫遼東之命專伻來促義不容復以老病辭乃按狀而書之公諱勤才字思文均四其行也世居北鄉桃溪高大父鸞四曾大父仕三大父模七俱以行稱世隱不仕模七翁尤以善聞於鄉配禾嶺汪氏生二子長諱虎字有威公之考也妣湯村趙氏朱宗室女生三子伯勤成仲勤政其季公也生十二年而喪其父季父伯兄相繼物故時仲兄纔十六歲從子贈知縣炯資纔七歲趙孺人偕其娣施與姪婦戴煢煢三孀相依爲命寒杼苦鐙婁然對泣聞者孰不傷之公雖孤稚悉心奉

母事叔母兄嫂亦莫不備殫恩禮以故婦姑冢介皆
冰雪自守於門祚中微之際而終始全節皦乎粹然
內外族姻歎譽之無一間言寧可謂無所自也積數
歲公又佐仲兄率從子奉大父季父二喪以禮安厝
中歲雖與仲兄從子析產而旦暮家庭互相砥礪生
產作業月拓歲增無異父祖存時由是死者有歸生
者得養故家門戶卒賴以撑持一旦還其先世之舊
然甘苦備嘗公之勞悴亦已甚矣晚以諸子足任幹
蠱家事一切不復縈心日惟訓督諸孫務學客至談
詞鋒起出入古今亹亹忘倦暇則徜徉山水間歌詠

自得足跡一不涉城市歲時鄉飲有司以禮敦請輒辭不赴及年八十當奉詔冠帶鄉邑如例請之亦辭不就角巾野服以終其身張孺人出同邑西汀故族爲張義公次女性資勤儉與公同德奉姑之餘輒事紡績公能再植厥家孺人與有力焉先公十四年成化丁酉八月二十日卒其生永樂辛卯八月二十九日春秋六十有七生子三長曰積娶芳溪方氏繼游汀張氏次曰佳娶龍山胡氏次郎坦以子貴受封娶石碶張氏封孺人進宜人女二長曰興玉次曰金玉甲道張集西汀張蔭其壻也孫男九長郎玨次郎琪

又其次曰琰曰珠邑庠生曰珍郎鄰憲以才操政事見稱於時曰玲曰珂清平衛經歷曰珙曰璀孫女五曾孫男十七曰鈺曰銳曰鏷曰鏜曰鈿曰鍊曰鍗曰鉽曰鍏曰鏐曰鋅曰鏓曰鍪曰鍠曰鍪曰錄曰鎊鈺鉽先後領京闈鄉薦鏷鍗鏊俱郡邑庠生曾孫女七公方幼齡遭家不造鄉鄰豪猾侮肆侵凌公往往退遜不與之較不知公者或以孱弱目之豈謂其終能卓卓有立哉公曰惟奉母睦族惇本務實勤其家以殖其生行之家庭達之鄉黨一以忠厚惠利爲本而平易朴直與人無競卒之家道仆而再興子姓孫曾

日益蕃昌業儒明經者踵相接於科第而中有都憲
者出焉勳業所究未可涯涘而後之趾美者方源源
而來也天之定至於公身後益久而益驗孰謂善慶
之不可必哉予用是表公之墓於其卒後之三十有
九年而不能不徵諸天也都憲官三品於法有貤祖
之典公自是名聞黼扆恩及泉扃可計日以俟當有
嗣而書之者請別礱一石以待之

封監察御史石公墓表

嘉靖戊子四月壬寅封監察御史石公以疾卒於黄梅之里第其冢子監察御史金方巡按廣西適田州思恩寇亂挺起御史君力以地方安危爲已任連疏與督府論究可否於朝蓋慮思田弗靖則將禍延二廣且憂公雖家居亦將憂子之憂而致疾也未幾公果遘疾越三旬甫愈既愈復作遂至不起御史聞訃即日奔歸奉提學副使李君中所狀公世出事行求予表墓予素重御史君因其子而得其父不敢以老病不文辭遂按狀而書之公諱廸字從吉姓石氏世

爲黄梅之新城鄉人曾祖仲旻祖竭考順三世俱不
仕妣姚氏以成化丙戌五月甲子生公於家兄弟四
人公爲之長性質實不事智巧讀書通大義事父母
以孝處諸弟克篤友愛自以倫序爲長創造家業不
待父命獨任其勞逮父晚年諷以分異始則涕泣力
勸及勢不能止則凡田疇肥瘠器用佳窳貲貨豐嗇
一惟父命是聽物之在兄弟者猶其在已也彼此美
惡曾不介意由是家道日益和裕親心爲之安適異
嘗時焉宗族數百人處之各當其分族子有女笄且
踰年壻貧不能娶公呼族子諭之曰汝不聞古人有

言昏姻論財夷虜之道況汝女昏已逾其年乎族子聞之感悟昏女其他族人聞公此言如期昏嫁者三數家蓋公誠意懇到足以感動人有如此者其處里黨謙和遜順終始如一平易率物與人未始有爭人或欺之亦往往不與之較里民有以田若干畝詭增虛稅再倍其數以售於公既數年田加墾闢於舊民邀公私賄將轉售他人以減公家賦役公不可曰吾受其欺安久矣寧可使彼復以欺他人乎況數年所墾闢者較之僞增之數已足償其半哉竟不私賄里民愧悔謂公心術端良乃爾鄉人聞者莫不益以是

賢公平生切切以教子爲務御史方在幼稚教之甚嚴及其以童年試藝得廩於庠歲適凶荒凡馬幣衣器所以奉師之儀視豐歲無少異御史第進士初官行人例不得馳恩父母心恒懸切公知其意患在未能榮親教之曰凡人子顯揚其親以寔心忠孝者爲榮若徒竊虛名而負僞行雖榮矣秖以爲辱也豈獨有乖臣子之義乎恩命或叨亦非吾所樂受也御史奉教益加警省後官御史奉命按浙抗疏發貪爲操江都御史所訐詔繫禁獄公壯其子之敢爲能無負乎厥官也略無悔尤之意今上龍飛初事始得白吏

部奉御史滿考績最封公文林郎四川道監察御史配管氏孺人公愧不遑安益諭其子攄忠不怠御史繼按江西尋以疾乞告家居侍養餘四年若將終身焉者公每諭以君臣大義促其還朝且曰吾年雖近老而氣體尚未衰汝能遵吾命供職清時或者得行所學建功業於一方忠於君者即所以孝於親也親之心亦焉往而不樂汝獨不聞昔之賢者固有子在親側雖無離憂而親不樂之說乎御史不敢違未幾以病愈復任按治廣西往來左右兩江旦夕汲汲經畧防禦所以爲吾廣西生靈計者甚遠日不暇給以

侯受代東歸拜公膝下而訃至矣得年六十有三葬以卒之年某月某日墓在某山之原管孺人同邑處士儀之女婦道母儀為宗姻冠生四丈夫子長金郎御史方以才操見重於時次鈍次鎮俱邑庠生次鎡孫男二人溥金出某鎮出鎡溥皆能世其家學曾孫男可久女某俱溥出公質任自然性雖剛直而溫醇忠厚絕無浮偽把其容貌聞其言論者莫不甚加禮重無論士大夫雖閭閻鄙野之人無賢愚無老少咸仰慕焉狀稱公朴而弗矯直而弗激矢口出言肝膽畢露沖懷接物人已兩忘庶幾乎三代直道而行者

其言蓋不誣也然則惡可以不表哉爲之表曰
我觀今世亦有古士豈論其外惟其中耳所行者正
所存者誠秖惇寔行不騖虛名允懿石公乃爾卓卓
衆方師尊一朝莫作人雖已矣德則長存何以見之
秩秩嘉言子克光揚孫曾繼述奕葉相傳賢科經術
我撮其槩表此高墳大書深刻百世其芬

亡姊滕孺人墓表

孺人先君河西知縣贈光祿大夫柱國少傅兼太子太傅戶部尚書謹身殿大學士蔣公諱艮之第二女而予之姊也世居全之城東門內曾祖諱貫刑部員外郎祖諱安皆贈如先君所贈官曾祖母蒙氏祖母滕氏母郭氏皆贈一品夫人孺人生十數歲隨侍先父母之河西時予大兄今大司徒梅軒先生視孺人尤幼姊弟偕侍至則郭夫人已病先君乃納先母贈一品夫人陳氏郭夫人沒後三年冕始生冕甫四歲而陳夫人亦病孺人於冕所以撫教之者甚至口授

冕小詩間取古名賢故事解析以誨冕冕在孩提得免於水火而粗知字義孺人之力居多先君旣滿任還吾全孺人年已逾笄始歸滕氏滕世爲同郡鉅族舊居城北門外今徙居城內相去不滿百武有諱志淵翁者在成化間以貲雄於郡敦朴寬厚鄉里皆愛慕之年八十餘四子十數孫其名暉字景暘者則翁之冢孫孺人之夫也旣歸相夫以義事舅姑以孝處宗族戚姻以禮上下之間莫不宜之數年連生三女孺人深以嗣續爲憂力勸景暘納側室廖氏生子榆愛過於已出孺人於爲婦爲母者如此皆可爲無憾

矣正德戊寅正月二十三日以疾卒於正寢上距其
生正統丁卯九月二十七日得年七十有二以卒之
年十二月十九日葬於簑衣步之原盧其左以爲景
暘他日壽藏蓋景暘所自卜也生子男一人卽榆娶
張氏全州守禦千戸昇之女孺人之卧疾也奉侍湯
藥飲食甚謹宗黨皆稱之女四人卽庠生王弼郡人
龔樸鄉貢進士蔣文奎郡庠生張機其壻也嫁王弼
者先十數年卒孺人之葬也司徒晁適請告歸全嘗
述景暘意以書命晁爲文表墓每欲執筆輒潸泗横
流竟不能成章最後景暘以書來促且曰予老矣表

墓之文幸亟成之庶及予之見也乃拔淚而書之寓
歸俾楡刻石樹於墓上

重刻蔣文定公湘皋集卷之二十七終

一園俞當譪校字

重刻蔣文定公湘皋集卷之二十八

清湘後學俞廷舉重編
闔邑紳士　同刊

墓記

仁峯嶺世墓記

吾家累世皆葬仁峯嶺環先壠兆域新舊塚纍纍如魚鱗然吾兄弟歲時拜奠周覽徘徊恐久或難於識別乃命工繚以石墻前竪石坊牌大書槐廳蔣氏世墓六字揭於其上自遠祖妣孺人而下先曾祖考贈柱國少傅諱貫府君及先祖妣滕夫人叔祖考諱瓊

諱銘二府君叔祖妣趙羅二孺人之藏皆在祔葬者
叔父諱紀諱全諱輔三公叔母周孺人兩唐孺人適
唐璿長姑及在室從姑再從兄嫂唐氏及在室從妹
暨從兄昱凡十有六塚其間合葬者三又古墓四皆
在墻內惟我先曾祖妣蒙夫人墓在諸墓後四五步
乃別繚以石墻而門於其前顏其楣曰誥贈一品夫
人蒙氏墓門外左偏一徑達前石墻下闢小洞門以
便往來先墓及古墓各識以小碑俾不至混而無別
先祖考贈柱國少傅諱安府君則葬白石之黃山先
母郭夫人祔於其側先考河西知縣贈柱國少傅諱

艮府君則葬柳山寸月亭右先母陳夫人則葬尹家塘他如深溪雙井頭及籔箕沖桑園遠近各有墓不能悉數後之拜卯壟者剪荆棘而思繼承先德於無窮不但悽愴於春雨秋霜之際則祖宗之所以望於子孫者庶幾爲無負矣嗚呼其敬念之哉

先曾祖妣贈一品夫人蒙氏墓記

惟我先曾祖妣蒙夫人以正統癸亥三月葬仁峯嶺後七十九年爲正德辛巳蒙恩賜誥贈一品夫人又五年昇冕兄弟先後謝政歸始克承先父遺意表於墓上夫人出吾全鉅族爲我先曾祖考刑部員外郎贈光祿大夫柱國少傅兼太子太傅戸部尚書謹身殿大學士蔣公諱貫之配生於元至正二十年庚子十月二十六日卒於正統七年壬戌十二月二十日得年八十有三子男三人長諱安先祖也贈通議大夫吏部左侍郎加贈資政大夫禮部尚書皆兼翰林

院學士累贈如先曾祖官勳階亦如之配唐氏繼滕
氏累贈一品夫人次諱瓆配趙氏次諱銘配羅氏女
一人適趙亨孫男六人長諱艮先父也以鄉貢進士
官雲南河西知縣調廣東都司副斷事卒後贈官自
翰林編修五命而至少傅其兼官勳階與先曾祖先
祖皆同配郭氏陳氏皆累贈一品夫人次諱文配袁
氏次諱紀次諱全配周氏諱文諱全二叔與先父皆
滕夫人出諱紀叔則叔祖諱銘府君出次諱輔配馬
氏次諱弼配唐氏繼唐氏孫氏輔弼皆叔祖諱瓆府
君出女十人適唐瑨王宏袁旻莫鑑廖理唐隆袁珙

趙淵倪瓚最幼者未出室而卒曾孫男七人長昺紀
出娶唐氏次昇郭夫人出累官南京戶部尚書娶楊
氏累贈夫人繼于氏累封夫人次昇全出次昱文出
娶唐氏次冕累官少傅兼太子太傅戶部尚書謹身
殿大學士娶陳氏累贈一品夫人繼陳氏累封一品
夫人次冔州學生娶謝氏繼張氏冕冔皆陳夫人出
次星弼出娶唐氏昺昇昱冔皆卒女十人元孫履端
娶江氏履春娶曹氏履長娶劉氏履坦娶陳氏繼胡
氏履仁聘楊氏履端太學生履端履春皆卒履長後
軍都督府經歷履坦詹事府主簿履春生務本務德

履長生務耕履坦生務樵務漁我先曾祖府君自爲舉子上京師及官刑部夫人皆留居於家及府君卒夫人煢煢孀居攻苦食淡撫教子女皆至成立諸孫各有室始以壽終德性慈仁而家規嚴肅至今姻戚中論婦道母德之賢者必以夫人爲稱首云

先祖考贈少傅府君墓記

昔唐李翺有云先祖有美而不知不明也知而不傳不仁也惟我先祖考府君醇德懿行追配古人厭世垂八十年而美之傳誦於鄉黨宗姻者猶如一日冕兄弟不可諉於不知也因循玩愒未能撰次素行求當世立言君子文以傳之深恐陷於不明之地幸賴府君樹善深長所以覆幬我後人者甚遠先考贈少傅公承之以逮我兄弟遭際昌辰歷事四朝獲膺恩數初贈府君爲通議大夫吏部左侍郎再贈資政大夫禮部尚書皆兼翰林院學士三贈光祿大夫柱國

少傅兼太子太傅戶部尚書謹身殿大學士誥詞有
云質惟篤厚性特慈仁樸貌古心足敦乎薄俗疾言
遽色不見於平生父宦舊都一朝棄背家無厚產衆
口羈孤振門祚於衰薄之餘奉母慈於老病之日友
愛篤於二弟行誼重於一方鄉飲禮爲大賓士評稱
爲長者又云累代慶門一鄉善士名不求聞於當世
行克丕振乎古風隱居而讀父書終守遺安之業勤
生以爲母養允稱幹蠱之勞篤至愛於天倫收成功
於義訓天語諄諄褒錫過多雖有稱述亦無以復加
於此矣因大書所贈官封仍備錄誥詞刻於墓門之

右以昭先德俾後世子子孫孫相與勉於忠孝以圖
報國恩於無窮焉府君諱安字舜珪姓蔣氏世居全
州城東門內父諱貫刑部員外郎贈如府君三贈官
母蒙氏贈一品夫人府君生於洪武乙丑八月十六
日卒於正統己巳二月四日其年四月廿二日葬於
白石之黄山配唐氏繼滕氏贈一品夫人男三長即
先父諱艮雲南河西知縣廣東都司副斷事由編修
五贈與府君三贈官及勲階俱同次文次全女三歸
唐璿莫鑑唐隆孫男五長昇南京戶部尚書次昇次
昱次冕少傅兼太子太傅戶部尚書謹身殿大學士

次尋州學生孫女六曾孫長履端官生次履春次履長前後軍都督府經歷次履坦詹事府主簿次履仁元孫務本務德務耕務樵務漁府君葬後七十七年爲嘉靖乙酉謹識

先考墓前牌扁石陰記

先考河西府君荷恩贈官凡五初贈翰林院編修文林郎再贈翰林院侍讀學士奉直大夫三贈通議大夫吏部左侍郎四贈資政大夫禮部尚書皆兼翰林院學士五贈光祿大夫柱國少傅兼太子太傅戶部尚書謹身殿大學士墓前石綽楔建於正德甲戌春以再命所贈官銜書扁至五贈命下數年舊扁猶未易冕兄弟先後謝事歸始命工別礱一石書贈少傅蔣公墓六大字扁之以彰上恩扁既刻完而先兄下世倏已數月上距先考棄背之歲五十有四年痛念

父兄顧瞻松櫝不覺哀涕之交頤也嗚呼悲夫

先妣贈一品夫人郭氏墓記

先妣夫人郭氏世爲湘源著姓父諱懋永樂戊子鄉貢進士授湖廣漢陽知縣以詿誤謫爲金線閘官母余氏生男女各五人夫人在女兄弟中於次爲五以永樂丁酉十二月八日生與先考河西知縣贈光祿大夫柱國少傅兼太子太傅戶部尚書謹身殿大學士府君生同年先祖贈少傅公因以禮聘之既歸先考逮事先曾祖妣蒙夫人衾裯寒暄朝夕躬視惟謹蒙夫人以夫人專靜誠慤心愛之每語人曰此吾家孝孫婦也宗姻聞者莫不以爲然夫人早喪母事父

甚孝漢陽公自謫歸夫人雖在舅姑家恒念之不置
每食遇一味之甘亦必遣人遺之數歲如一日先考
由州庠登鄉科卒業國學試事兵部前後僑寓京邸
七八年夫人家居奉先祖妣滕夫人曲盡愛敬不異
蚤歲之奉蒙夫人也及先考令河西挈夫人偕往抵
任未三年病居其多竟弗能起天順辛巳四月五日
也得年四十有五初權厝於河西之普應寺旁後歸
骨於鄉成化辛卯祔葬白石先祖考墓右稍後男三
人長昇南京戶部尚書娶楊氏贈夫人繼干氏封夫
人次冕少傅兼太子太傅戶部尚書謹身殿大學士

娶陳氏贈一品夫人繼陳氏封一品夫人次昪州學生娶謝氏繼張氏女二人長適俞洪次適滕羅孫男四人長履端官生娶江氏次履長前後軍都督府經歷娶劉氏次履坦詹事府主簿娶陳氏繼胡氏次履仁娶楊氏女四人長適陳侍郎子通政經歷邦傑次適曹知州子鸞次適唐州判子舉人鉦次適灌陽縣學生廖景賢曾孫男幾人務耕務樵務漁女幾人夫人没後凡受誥勑貤贈者五初贈孺人再贈宜人三贈淑人四贈夫人五贈一品夫人先兄嘗以夫人命封號刻石墓上及與冕先後得謝歸拜奠兆域每

欲別鶱一石備書後來恩命不果今先兄不幸棄世
三歲乃始泣而書之曰
皇上如天澤被九泉吾母體魄龍光赫然庇我後肖
百世綿延

先母陳太孺人墓記

正德四年己巳七月七日丁酉冕與從子履端履長葬先母太孺人於城南湘西之尹家塘負丑面未距先編修府君柳山之兆七里而近先母姓陳氏滇之通海人先君今滇之河西時室焉時伯兄今湖廣按察副使昇尚幼先母撫之甚至既而生冕後又生弟昺昺既娶而卒宏治壬子冬以冕初官編修滿三年荷勅錫今封其生正統戊午二月十有五日正德丁卯六月十有九日卒於京師冕之官舍得年七十先母之世出事行少傅大學士吳郡王公鏊既銘諸幽

少宗伯鶱湖費公宏又取而傳之者已詳茲不敢復贅特竊書其槩於墓上之石俾樵牧者望而知爲吾毋藏魄之所庶有其禁云昊天罔極嗚呼痛哉

先兄資政大夫南京戸部尚書致仕梅軒先生
蔣公墓記
此先兄南京戸部尚書梅軒公之墓公諱昇字誠之
姓蔣氏梅軒其別號也世居全州曾祖考諱貫刑部
員外郎祖考諱安隱德不仕考諱良雲南河西知縣
俱贈光祿大夫柱國少傅兼太子太傅戸部尚書謹
身殿大學士曾祖妣蒙祖妣滕妣郭俱贈一品夫人
公自幼勤苦問學以州學生舉成化辛卯廣西鄉試
丁未第進士宏治己酉授廣東南海知縣以政績卓
異徵入朝擢南京福建道監察御史陞河南汝寧知

府遷湖廣按察副使進浙江按察使轉浙江右布政使陞四川左布政使尋陞都察院右副都御史巡撫南贛汀漳等處進南京戶部右侍郎今上嗣統以廷薦陞本部尚書受誥進階資政大夫數月以老疾懇辭允之賜勅褒諭命有司月給廩米歲給輿隸仍馳驛以歸家居四年以疾卒嘉靖丙戌五月十二日也距其生景泰庚午九月十二日享年七十有七訃聞遣官諭祭者二命工部營葬事葬以卒之年十二月十八日墓在州北七里橋北配楊氏贈夫人繼于氏封夫人男三長履端太學生次履長後軍都督府經

歷次履坦詹事府主簿爲弟冕後女三適政經歷陳邦傑士人曹鸞舉人唐鈺其壻也孫男務耕等若干人公天性純誠其於世人機械事茫無所知至於莅政折獄往往如燭照而數計毫髮無能遁其情者其官郡縣保民如子惟恐傷之逮司臺憲鋤奸薙惡不遺餘力未嘗少有縱舍盖公平素潛心義理之學而必驗之於行持身處官事無難易一切揆之以理心有未安雖小節末務不肯苟狥妄隨於先儒大窮理而務果斷之說終身誦之其言行政事無愧於古人者甚多此不能備錄云

亡弟質之墓志

予自成化丁酉領鄉薦上春官卒業太學辛丑始獲歸省先母夫人癸卯復北上又數年叨第進士官翰林宏治乙卯甫再歸省追於公家程限丁巳又奉別先母北上供職先母家居雖以冕離憂而心恒不戚戚然者以有予弟㝵朝夕奉養之得其道也予既抵京之三年忽傳予弟以酒致疾予心切切以為憂且求名醫奇方寓歸冀其疾早愈以紓先母之懷書未達而訃至矣宏治庚申十一月望其卒之日也其生成化辛卯十二月二十七日得年三十嗚呼孰使予

弟竟死於酒而不得終養吾母邪痛哉予弟字質之一字正之㝵其名也蔣氏世居全州城東門內曾祖父諱貫刑部員外郎祖父諱安隱德不仕父諱艮雲南河西知縣廣東都司副斷事俱贈光祿大夫柱國少傅兼太子太傅戶部尚書謹身殿大學士母郭氏陳氏俱贈一品夫人先父母生予兄弟三人弟既早亡伯兄南京戶部尚書梅軒先生諱昇今沒亦三年矣予年已踰六望七甚衰且病不過旦墓人間耳予弟墓上之石安忍書之第以予弟善事吾母而乃以酒殞生不得終養天邪人邪實予心之所甚痛者不

可以不識乃忍痛書之如右予弟自幼有志於學從
經師授尙書充州學廩膳生刻苦自勵使天假之以
年或沾一命其所立當有可觀者而乃限之以疾也
悲夫予弟初娶橋渡謝鏡之女繼娶戶部主事贈尙
書張公廷綸之女太子少傅南京兵部尙書涇川先
生瀠之女弟也子一殤亡女二長亦殤亡次歸庠生
廖景賢子及廖氏女皆張出其葬以卒之年墓在湘
濱雙井山之原與先母陳夫人之墓南北相望僅隔
一水云予痛予弟之死於酒也旣略述其事矣又哀
之以辭曰

孝能奉母母心甚悅豈謂一朝終古永訣孰使狂藥
馴至於斯茫茫彼蒼無從詰之事雖往矣心常痛恨
礱石鐫辭此哀無盡

先妻贈一品夫人陳氏墓記

夫人姓陳氏諱舜英生十九年嫁予嫁甫踰年予遽北上太學後予叨第進士官翰林夫人始隨其兄仲華都憲來京來未三年而病一病二年而遽歿矣蓋自始嫁至歿首尾十年而與予同處者僅六年耳嗚呼悲夫六年之間爲予生三子而今皆無一存者不尤可痛恨哉夫人少予一歲以天順甲申十一月四日生嫁以成化壬寅二月明年癸卯三月予卽與夫人別後四年丁未十月始來京其歿則以宏治壬子六月初七日年止二十有九夫人歿後三月予始得

荷恩贈夫人爲孺人而夫人已不及見後加贈宜人又進淑人再進夫人今五命而至一品夫人名號之榮徒侈於身後而已豈非命也歟夫人所生三子其長曰盛陽予別夫人後三月始生於家及夫人將來京先數日夭予父子固不相識也次曰耕孫生五歲夭夫人以予宗祧之故哭之過悲及見予悲輒又陽爲好言以慰悅予而乃自若未始動念焉者又次曰大兒生而病瘖目時瞽夫人朝夕抱持不下懷因而臥病遂至不起後夫人卒之一年亦夭於時予既連喪子又失夫人凡與予相知者孰不爲予慟而況於

予哉故予今雖老矣每一追念之亦未嘗不潸焉出涕也夫人先世居茶陵之蒲江至高祖諱南賓在國初以元進士官全之學正始家於全故今爲全人學正終蜀府左長史生民秀民秀生朴以孫璣貴贈工部右侍郎夫人之曾祖祖也父諱章仕終松之華亭縣學教諭後以子瑶貴贈通政使司右通政瑶即仲華官都憲者母李氏贈恭人夫人旣生長儒宦家耳濡目染皆詩書之訓而孝敬儉勤出於天性初嫁予時予家甚貧惡衣菲食處之自若事吾先母陳夫人備盡孝愛先嫂楊夫人性嚴毅夫人奉之尤能得其

歡心至於內外族婣處之無一不相宜者及來京予初官尤貧日用每不繼夫人往往脫簪珥助衣食之費嫁奩用且盡曾不少恡及殁斂用故衣知夫人地下亦能安之如存時必不予告也予以乙卯歲省先母於家既挈夫人柩歸葬湘南雙井頭之原及備員內閣叨官一品三年夫人又有今贈乃追述其平生次第書之寓歸俾嗣子履坦刻碑墓上後三年予謝政歸攜坦及次子履仁謁祭見墓崩而碑裂也爰命工礱石砌墓別礱一碑而以前所書者刻之

繼妻封一品夫人陳氏墓記

予妻封一品夫人陳氏從予得謝歸田未數月遽卒嘉靖乙酉五月十六日也事聞禮部援著令以請上命有司營葬事遣工部司務范廷儀督視賜諭祭凡再又賜齋粮五十石麻布以疋計數亦如之盖特恩云予官翰林編修喪元配陳夫人時夫人父少保兼太子太保左都御史西軒公金方副憲山西予素重公且稔知陳氏世爲德安應城簪纓家聘夫人爲繼室於是其母阮夫人沒數年矣繼母封一品夫人張送之北來以歸於予既再歲爲宏治乙卯又十年甲

子兩從子歸省吾母贈一品陳夫人迎養於京不幸吾母棄背從扶柩歸葬既免喪復從居京師壽荷恩封宜人進淑人再進夫人以至今封十餘年間凡四受誥命兩朝恭上兩宮尊號皆嘗入賀累膺文綺之賜孝貞壽安兩太后先後薨逝皆入臨嘗首命婦班致祭退歸恒竊自幸慶謂何能爲報逮從予歸每感念聖恩雖一飯不能忘予嘉其能協志也方幸投閑期與偕老豈謂遽先長逝悲夫溯其生成化乙未九月十三日得年五十有一葬以卒之明年四月二十六日墓在城北七里橋路西之山子男二長履亘蔭

授詹事府簿娶陳氏思明府同知贈奉政大夫璲女
繼胡氏靖江府左長史傑女次履仁娶楊氏四川按
察僉事鏊女孫男務樵務漁葬既踰年念墓上之石
不可以無識也爰書歲月而詳於恩典之承以示子
孫俾相與圖報焉

兒婦陳氏墓碣銘

予以吏部侍郎兼翰林學士滿一考例應廕子爲太學生乃移文吏部謂予先因無子以大兒巡撫都御史今戶部尚書梅軒公之第三姪履坦爲嗣今雖生有一子而年尚幼稚欲仍以履坦受廕吏部卿予言覆奏制可部復移文廣西藩司下府州敦迫坦就道予又累書促之於是公暨予嫂于夫人爲坦娶婦卜日祭告先祠以坦來繼數月坦偕其婦陳氏北來自是坦夫婦以父母事予及予妻陳夫人而於公暨夫人顧以伯父伯母事之矣婦自入門恪盡婦道佐坦

一以禮時與坦論說古今皆歷歷可聽聞述前人嘉言懿行以相箴警皆有益於坦者其撫坦幼弟履仁甚至而儉以理家勤以持身無毫髮貴家女婦態尤人所難者予聞之喜甚意謂指日公與予相繼歸田夫人與予妻一切內政必皆有賴於此婦道也逾年生一子曰祖蔭予尤喜不自禁屢書以賀公且以自賀獨時時竊歎予何人斯一旦有此賢兒婦又有此孫淺薄如予何德以堪之每嘿以自念且以告予妻曁諸戚屬未幾婦果病數月已不起無何而祖蔭亦以胎毒死矣予飲泣謂坦曰此婦此孫使其常在公

與夫人旁未必遽至此蓋德與不德造物者預有以處之矣婦既久病予遣往視且告之曰我自髫年與汝父同受業於汝伯父節齋少司空之門相與甚厚况我先室夫人於汝父爲從妹我視汝猶女也汝其安心調理病將不藥自愈婦聞予言稍自寬然其病固已不可爲矣其屬纊以正德丁丑九月六日年纔二十有四坦既歸其柩葬於先室墓右予因書此以慰之且爲之銘陳之先世居茶陵至國初始徙於全今爲全州右族其曾祖諱朴祖諱表皆贈工部右侍郎父諱璲思明府同知氷蘗之操始終不渝母唐氏

柳州守諱蔭之女有賢行唐在病中聞女殁日益感慟後數月亦卒於其次子汝寧節推邦儁官舍邦儁與其兄鄉貢進士邦傳皆好學惇行檢暨此婦並稱克肖云銘曰

爾夫是違乃爾之姑是依亦何患乎爾魂氣之無所歸也

重刻蔣文定公湘臯集卷之二十八終

一園俞當藹校字

重刻蔣文定公湘臯集卷之二十九

清湘後學俞廷舉重編

闔邑紳士　同刊

行狀

太學生卭君行狀

君姓卭氏諱敦字一成别號必學齋大宗伯深菴先生之冢子也先世閩人在宋宦於瓊始占籍瓊山曾祖諱普臨高醫學訓科鄉稱恩貽先生祖諱傳不仕俱以先生貴贈禮部尚書曾祖妣柯氏祖妣李氏居孀不貳朝廷旌爲節婦俱贈夫人母吳氏累封夫人

先生生子多不育年四十始生君於京師君生有異質自幼莊重寡言笑性不好弄於凡兒童嬉戲之具一不接於手與儕輩群居端坐竟日或公肆戲侮亦視之如無對人未嘗自有所言問之亦多不答就學家塾中師授以書雖少僅百十言讀數十遍亦不能成誦蓋其心已了了特口不習其辭耳衆見其然遂疑爲不慧雖先生亦不之察也先生恒言人家仕宦不常而生業不可廢方居太夫人憂還璦山將起復北來時從子二人尚幼先生庶生二稚甫能言皆聰悟絕倫將他日誘以書香之托君在諸子姪中爲最

長遂以世業畀君留侍吳夫人家居佐伯父訓科公奉宗祀先生遂行方先生行時訓科公故無恙君所以事伯父一如事先生者而訓科公以君簡默猶疑其果不慧他日見君綜理家政一一悉中度始知其不凡由是事無鉅細必質問而後行有所經畫多出人意表訓科公又大驚恨知君之晚臨終呼至前盡付以後事訓科公既卒一切喪葬事悉據先生所訂家禮儀節以行客有來弔祭者見君舉措中節無過舉無廢事咸嘖嘖稱歎蓋至是始知其有隱德云既免訓科公喪家無經紀之僕君獨主家事鄉人多無

頼藐其幼弱公肆侵犯君處之自如方汲汲自奮於學素苦多疾先生又北上鄉郡間一時學者多惟舉子業是務四子一經外漫不加省君左顧右盼無所適從未嘗不茫然自失也於是困卧書樓中日取先生所留書閱之苦不識字惟以意會久之因其所已通以達其未通恒謂人曰人之於字皆先識音而後識義予則因義以求音於是先群經次諸史又次子集下至稗官小說晝夜不釋手或三五日足不至樓下慨然以老泉自期意盖欲盡讀群書然後北上以求大方家而學焉嘗夢一偉丈夫儀狀古雅揖而與

之談皆經史奧義問之知其爲東萊呂成公也覺而深有所感發由是一意聖賢之書有寤寐不忘之意焉自謂筆路倘生於文章家修辭之法患不得其蹊逕又摘出諸史書泛觀廣覽至興衰成敗之際輒反覆究玩於凡一代顚末一君始終皆撮其行事而以聖賢理道斷之如史家之贊辭云者橫豎穿貫上下數千載間由是博極群書而藻思日以逸發矣君自視欿然方幸人不見知鄉邑賓友胥會當衆論呶呶之際獨塊坐如土木偶人噤不出一語退而自嘆曰大丈夫生天地間當與天下豪傑角何至從鄉里小

兒輩競銖兩毫末於頰舌之間哉盖是時人雖不知
君而君獨明於自知故其自許如此壻文昌韓氏魏
國忠獻公之裔郡鉅族也壻其門將期矣婦翁猶不
之知意君必失學見君至每令幼子以對句及舉業
破題試之輒不應一日賓客會其家命題賦詩獨不
及君婦翁數覛君而色甚愧已而以棚子爲題戲
君曰盍賦此君援筆成唐律似略不經意婦翁喜甚
連命數十題詩皆立就每詩成輒飲飲多至三十餘
觴不亂由是隱然名動郡邑間部使者某公問先生
三子優劣於瓊之舉子率爾應曰二稚慧甚長者殊

憒憒爾部使者亦謂信然會與君言異之時將舉兵征黎因問征黎利病君區畫精當而議論英發部使者愕然語坐中人曰某言卬公之子憒憒公之子豈憒憒哉彼言者乃眞憒憒爾素不事請謁家居近郭無故足不履城市非有事未嘗涉迹公府藩臬有按部至璊者不肯輒先趨謁或爲先生來覩即日投刺報謝時事不一挂口問之亦不對或有所詢訪叩至數四察其必果誠乃更爲之委曲詳盡焉聽者必服親舊有事於州司覬得君片言爲助不可當路以先生故重君不事干請或誘之言終亦無所言方伯某

公按瓊謂君曰有事不妨來言諾之而不復闕月召
君問故對曰數素不習此故人無來託者他日某公
詢諸郡縣吏果然嘆曰邱先生可謂有子矣有某某
者守瓊見先生素不預公府事遂欲啗君以利因陰
結於先生間遣其子語君曰鄉人苟有訟事能餽君
五百金者盍爲之解紛乎應之曰此言何爲至於我
尊公但循廉則闔郡皆受五百金之賜奚必敦哉其
人歸語其父甚慙語人曰邱氏父子相似蓋尤君言
之太峻也始君之居鄉州司見君不肯趨謁惡其簡
禮姻舊見君不爲解紛怒其不情君耿耿自信持之

終不變厥後州司樂其不侵擾姻舊安其不偏助乃更翕然賢之海外估舶侈巨室子弟出游多乘馬張蓋君獨徒步徐行不輒當街衢中道遇諸塗者望而知其爲君也初先生北來獨携二稚侍行未幾相繼殤亡始以書召君來侍久之君不至先生恒以書督爲憂每道及二稚幼慧事輒悲慟不自勝雖時時數聞君進德徒以久不之見尚未測知其淺深君時作一書達先生書幾萬言大槩論家事而偶及高雷治河事其言曰此河一成即有無窮之利然使區處乖方則恐無其利而今先受其害元人治河因之召亂

往事蓋可緊已先是高雷有故河遺迹先生欲開通之以便舟楫而任事者或因之擾民故君書及之故大司空謝先生見君此書驚謂先生曰此子當世公家學何可使之獨學無友乎先生由是屢書趣君來成化甲辰夏始至自瓊山初君歸瓊山甫十齡又五年先生別之北來前後十二春秋而父子始相見至是君之齒亦二十有四矣既朝夕侍先生左右日聞所未聞於是所見益恢宏矣居亡何朝廷以先生官三品錄君爲太學生時先生方舉教事門下諸生數千人君避遠形迹不妄交一人遇有所往獨跨一蹇

挾一僮以行群然埃壒中雖諸生不識其爲先生子也是時當塗用事者多緣子敗君因作詩以志戒有近世大臣多子敗而繼之以肥馬輕裘眞桎梏明戀棐几卽山林之語聞者賢之始君於群經尤好春秋傳時給事中安成劉君孟進士新安唐君弼在太學諸生中皆以業春秋知名先生間遣君從二君習舉子業資進取非其好也會京闈秋試黽勉一入場屋既不第歸笑自謂曰區區舉子業曷足以溷吾乎盍屏去於是經史百家之言歷代帝王治天下之法度與凡禮樂兵農天文地形律呂星歷以至醫卜算數

之說益無不研究焉而於典故沿革世家爵里考覈於近代以至我國初者爲尤詳慮其遺亡有所得即疏之於冊蓋自是絕無進取之意矣君自幼未嘗一日去母夫人側既遠別蚤夜思之不置欲歸則先生不可恒鬱悒不自聊時發慨歎於詩歌來京師無幾即得疾疾甫愈復作在京師首尾六寒暑而疾居其多疾作時輒不喜見人人有來候問者雖姻舊或父執長者亦罕得其一面唯困坐一室中日掩關焚香以讀誦著作爲事雖盛暑鑠金猶口談手校不輟蓋君惟恐學不進名没世無聞而不知其身之既病而

將死也方疾之復作也飲藥輒不效京師諸醫大率多泥東垣丹溪之說而不得其妙用藥往往無近效君自謂深於醫道獨不能診脉耳於諸醫槩庸視之醫每進藥多疑不肯服即服之亦不過數劑即止已而更一醫復然疾勢殆不可爲而歸心尤切少間先生謾遣之歸君甚喜旦暮躬治任且未嘗一日置書不觀形日益尫羸而著作不廢疾遂增劇而卒時宏治庚戌五月十三日也距其生天順庚辰六月六日得年僅三十有一君之學以積思自悟爲主有所疑必思方其致力於思也或終日凝然如癡繼以通夕

不寐雖疾病呻吟中而苦心自若也其軀幹似不能
勝衣而勇猛精進毅然不可奪泚潛玩索盖將斃而
後已故其學無所不窺下至釋氏書亦能悉其精微
間出以示人有觸其機鋒者肆口辯詰傾河瀉海不
見有窮竭態予每親見其然雖深於其學者亦或難
之其才奔迅奇健爲文多不起草當喧溷倉卒閙若
不致慮睥睨而起落筆如飛馳頃刻數百言詩雄爽
善用事每酒酣耳熱逸興頓發拈筆向人覓題一揮
殆數篇多有不經人道語初道南安華亭張汝弼爲
守一見奇之目之爲小坡盖擬之於東坡之子過也

識者不謂其溢美然君雅自愼重有所著作不肯輕示人雖先生父子間亦未嘗盡見之盖用心於內者其道固然歟既卒侍史出其遺稿於二鉅篋中始得雜文若干首古今詩若干首發冡論一卷凡十數篇所著書號醫史未脫稿者四十六册他所輯錄者尙多皆未及成書君於醫家書獨酷嗜素問一書宏深浩博而每病讀者之難間閱丹溪所作讀素問批點凡例而增補訂定之以爲新法按其法以求其書久之若有所得遡探其源委審其脉絡章分而句釋之僅成十數紙如上古天眞論四氣調神大論諸篇多

有發舊註所未發者又先生嘗病瓊僻處一隅文獻無所於稽恒欲於古今載籍中採其故實之有涉於瓊而可資見聞者會粹之以成一郡之書不果君奉庭訓惟謹每繙閱簡册遇可錄者悉手錄之積久成數帙徧題甲乙以識别將携之南歸欲用數年之力詳搜精覈以成先生夙志瓊人士謂此書若成郡自有志以來所無也至今咸以不覩其成爲憾其所謂醫史書雖未及成而規模次第大略可考見其意蓋病世醫外方書古法而惟以醫者意也之說藉口肆意妄爲以冀其一中故其言曰公輸不外規矩而巧

師曠不外六律而聰醫之道亦然蓋必先明於法而後可以言意意生於法而亦不外於法舍法而言意則蕩舍意而言法則拘拘雖不中亦不遠蕩則無所不至故與其失之蕩也寧拘素難本草曁諸名醫著述與其所行之事跡非醫家之規矩六律乎於是上遡農黃下迄金元以來裒錄而辨析之論病以及國原證以知政治疾必先治心明術必先明理會衆說以成一家言有史道焉故各其書曰醫史其書有本紀有表有攷有列傳大略如史家書以爲易有太極是生兩儀兩儀生四象四象生八卦八因於八而成

六十四卦易道備矣易生卜筮卜與醫皆民用所資
不可一日無者其道一也易有君子之道以制器者
則尚其象故虛一以象太極著本紀二以象兩儀表
四以象四象考八以象八卦列傳則象六十四卦之
數本紀則神農黃帝表則運氣五藥之類考則醫書
職官醫器服食攝養之類列傳則岐伯扁鵲而下以
至國初諸名醫既自序其著述之意而於其篇終復
曰予述此書總七十八篇七與八皆少數也老變而
少不變用老而不用少然則此書其終不變而遂無
用乎吾道窮矣其兆蓋先見矣嗚呼悲矣其運氣表

曰醫經之於天道也妙矣觀其播五行於四時錯六氣於五運明勝復之數列補瀉之方皆所以參天地之機補造化之鈌者也盖運有五金木水火土是也氣有六燥暑風濕寒火是也天以六爲節故氣以六期爲一備地以五爲制故運以五歲爲一周五氣平則生物遂五氣乖則生道苦蓋臝產生於氣猶水族生於水也生於水者病於水故水清則魚勞水敗則魚病水毒則魚死生於氣者病於氣故木氣勝則風氣流行脾土受邪民病飱泄火氣勝則炎暑流行肺金受邪民病痎瘧而水火亦由之變徵動植亦因之

榮瘁故曰天地之道寒暑不時則病風雨不節則饑
又曰土敝則草木不長水煩則魚鱉不大氣衰則生
物不遂聖人有憂之觀法天地把握陰陽遠取諸物
近取諸身順八風之理處五行之用步運行於機式
稽變化於度數而運氣制焉是故從其類序分其部
主別其宗司調其氣數之偏反其和平之化使之剛
氣不怒柔氣不懾天道既順民氣可調五運適於平
而無害於人各成其功不相奪倫此非所謂參天地
之機補造化之缺者乎左氏載醫和之言曰天有六
氣降生五味卽此五氣六運之數蓋與夫易洪範月

令同一致也非天下之至材其孰能與於此磵予嘗言素問於術之理可謂至矣其殆謂此類歟夫運氣猶歷法也久則不能無差歷法之差則既隨時修改以與天合然後寒暑不爽而薄蝕可知矣自有運氣歷法以來數千百載於茲歷法之差蓋不知其幾修改矣而運氣猶故也夫一日之頃而凉溫異候百里之近而雨暘異若欲持一定之法以應無窮之變安望其能相入哉故敦阜之紀未必風雨大至鱗見於陸也委和之紀未必天地淒慘日見矇昧也姑以宋論之元豐四年歲在辛酉推以彼之術其說以為陽

明司天是爲上商少陰在泉是爲下徵其應則當天氣燥地氣熱運爲少羽歲水不及名曰涸流之紀是歲河決大水與其所名紀曰涸流者異焉或以此難胡源源雖辨之甚力而卒亦有不可誣者素問黄帝問於岐伯曰夫子之言歲候不及其太過而上應五星今夫德化政令災眚變異非常而有也卒然而動其亦爲之變乎答曰承天而行之故無妄動無不變也卒然而動者氣之交變也其不應焉故曰應常不應變是固然矣陰陽有勝復也常變恒因仍也豈一於變哉何後世常之少而變之多也無乃亦三歲一

差積久益甚天行日新運法猶舊天與法相左故其應難稽乎是非聖人之法有不足徵也蓋繼承纂述之無其人也至於今日弊滋甚忽其本而致詳於末舍其大而徒察其細牽強附會支離决裂幸其一之偶中而遂悉神其說焉不亦大惑乎泥者至云某生人於某日某經病者治以某藥按圖膠柱其謬甚矣故程子曰氣運之說堯舜時十日一雨五日一風始用得而稽澄亦日陰陽多端未易窮也道術破碎未易知也簡編不全未易依也不若先論病能守經隧一本諸人事之爲近也素問有日知其要者一言而

終不知其要流散無窮此之謂也而古者名醫所以亦往往置此而不之論歟雖然體天地法四時別陰陽順人性其理蓋有不可易者醫而忽此曷足為醫於是論次其槩以備觀覽焉其書中又有三因說又論李明之不準古方以治病言皆有補於世三因說曰病有三因其說尙矣然又有因於天因於地因於人者豈但內因外因不內外因而已周官有云四時皆有癘疾春痟首夏疥秋瘧寒冬嗽上氣此非因於天者乎仲長統昌言有云北方寒其人壽南方暑其人夭此非因於地者乎韓詩外傳有云國無道則厲

風疾雨夏寒冬溫故民多疾病而群生不壽月令孟春行秋令則其民大疫凡此之類豈非因於人者乎因於天者醫經有五運之方可以治之因於地者醫經有五方之治可以療之獨因於人者醫經缺焉嘗求後世之方書惟張子和李明之略有其說子和之言曰瘧疾常與虐政並行或虐政行於先而瘧氣感於後或瘧氣行於先而酷政應於後治平之時其民夷靜故瘧病常少擾攘之時其民勞苦故瘧病常多元好問序李明之所著書謂金汴京被圍五六十日間爲飲食勞倦所傷而殁者將百萬人當時皆謂由

傷寒而致後見明之辯內外傷及飲食勞倦傷論而後知世醫學術之不明誤人乃如此二說皆有裨於醫術然醫能治之於已然其惠小君相能治之於未然其仁大嗚呼明君賢相其勿使人瘧其勿使人疫死於飲食勞倦其勿使小道曲藝得行其私惠哉其論李明之曰明之嘗言古方新病勢不相入故其爲人治疾候其脉旣乃斷之曰此某證也然後執筆處方命藥一切撰於臨時而不用其故以爲病情無窮吾方亦與之無窮欲以一洗世醫按圖膠柱之固武帝欲教霍去病兵法去病辭曰顧方略何如耳何至

學古兵法夫古今異勢敵情萬變而無窮苟不能通變而惟古法之拘其不輿尸也難矣去病可謂知兵者明之之知醫何以異於去病之知兵然業醫者不能皆明之也脉未必能如明之之精證未必能如明之之審而亦效明之之爲悉雖杜撰不能去人病而反以益病者安保其能必無也故苟未有李廣之才則不若守程不識之法之爲愈如是者十數萬言辭多不錄其曰發彖論蓋取蒙莊氏詩禮發冢之義而托名於兀該拙卜古溫是六言者虜語也譯以華言謂無是人蓋用漢賦亡是公之例其大略以謂古者

政麗民淳官無文武內外之分後世政繁文武始岐而二之迨世道日汙於是又分而爲三矣其岐而二也如車之有兩輪去其一則脫輻矣其分而爲三也如鼎之有三足折其一則覆餗矣今旣不能合其岐而二之文武而顧欲去其分而三之中官豈不難哉中間又有宦官讀書不讀書之辯大約如漢書韓安國王恢擊匈奴議凡十數段其終篇又設爲甲乙辯詰之辭略云甲與乙交莫逆異內外辯曲直乙曰人之男者腐之則臭馬之牝者腐之則良人腐則鬚脫雞腐則尾長何爲相反也甲曰人土屬而體陽其陰

在勢去其勢則陽亢矣故㝠馬金屬而體陰其陽在勢去其勢則陰純矣故㝠人表陽而裏陰陰傷而鬚脫者伐其根也鷄表陰而裏陽陽損而尾長者力之專也乙曰宦者無鬚醫經以爲去其宗筋傷其衝脉血瀉不復皮膚內結唇口不榮故鬚不生然歟甲曰不然夫鬚之有無天所以別陰陽殊內外也首楞嚴經列十官之目紫微帝垣有宦官之星何莫非谿涿君也豈皆去宗筋而傷衝脉之故哉乙曰宦官可去乎甲曰宦官禎祥也禎祥何可去耶乙曰汙穢人君德濁亂人朝綱殘賊人忠良渙散人民心喪失人天

下此爲禎祥孰爲妖孽甲曰自古創業垂統之君爲子孫防範維持之慮至周至悉矣繼承之者苟非大無道則國勢未易搖也雖歷數有歸而人衆勝天無資以作於是熒惑降精下爲宦豎依阻城社人亦不能勝而天下亂矣然後瞻烏爰止景命維新焉譬之猛獸物莫能攖反爲毛間蝨所困然後斃於物也是故漢之興也趙高蠹秦魏之造也常侍蠹漢梁之簒也北司蛆唐是秦之趙高漢之常侍唐之北司乃漢乃魏乃梁之禎祥也天降禎祥爲興國瑞何可去乎乙曰國家將興固有禎祥然齊宮之刺投[redacted]之辱于

百輩盡誅之慘人生亦不幸而爲禎祥哉甲曰夫宦官拔迹糞壤之中致身霄漢之上可以將可以相可以聖可以賢可以仙可以佛蓋無往而不可禍患其變也禎祥其常也君子語常不語變乙曰請得聞之甲曰內握禁兵外監方鎭成功賞則先敗績罰弗及非可以將歟圖謀帷幄寄之國命濁亂天下不受其責非可以相歟佞子貢諛擬倫伊霍陞座講易係籍聖賢非可以聖可以賢歟附之者白日飛昇忤之者生入地獄非可以仙可以佛歟時又或能廢置人主呵叱天子則遂可以爲上帝矣雖衰凶鞫頊終底滅

已然又足以快天下心攄天人憤爲興王之資垂後世之戒亦不徒禍矣庸何傷如是者亦數千言君嘗謂予曰走爲此論乃癡人說夢中事也夢者固癡矣安知聞人說夢者亦不癡其人哉夫天下之事必有所蔽則以惡爲美以非爲是以害爲利者多矣古人不云乎簸糠瞇目則天地四方易位自是其是者蔽於所見但見其是而不知其非人一切有言舉不能入自非爲之說者逆探其所料指摘其所信推極其所期竭兩端而盡之凡彼所以爲之地者一一皆豫爲之言若彼之自言爲者又曷足以感悟其心也邪

予為此論意蓋出此雖然天下事可言者多矣何獨論此哉殷鑒不遠在夏后之世事莫急焉故也君又嘗著論辯公山不狃之非畔其言曰公山不狃以費畔召子欲往程子曰聖人以天下無不可為之事亦無不可改過之人故欲往雖然弗擾之畔畔季氏耳非畔魯也封略之內誰非君臣大夫跋扈家臣起而逐之以張公室季氏烏得以畔名之哉迨仲尼行乎季孫將隳費不狃率費人以襲魯蓋未喻乎聖人之志妄動以取戾也其出奔在吳吳將伐魯問於叔孫輒曰魯有名而無情伐之必得志焉退而告不狃不

狃曰非禮也君子違不適讐國未臣而有伐焉奔命焉死之可也所託也則隱且夫人之行也不以所惡廢鄉今子以小惡而欲覆宗國不亦難乎若使子率子必辭王將使我叔孫輒病之王問於不狃對曰魯雖無與立必有與斃諸侯將救之未可以得志焉晉與齊楚輔之夫魯齊晉之脣脣亡齒寒君所知也不救何為吳伐魯之率故道險魯是以不危夫不狃以畔亡之餘而處必尚能如此賢於人遠矣孔子之欲往也詎無意夫况其據邑以畔不召畔人逆黨而顧夫子之召今夫人有一非理之事鄉里有自好者不

欲使之知焉况以畔名乃敢召吾夫子邪必其志有所在言有可執焉耳聖人視天下固無不可爲之事無不可改過之人至堅至白無所磷緇亦何至助畔逆之事黨大惡之人邪於是乎必有以諒之矣而曰夫召我者而豈徒哉如有用我者吾其爲東周乎噫畔逆之人能革面效順亦卽多矣而欲因之以興周道於東方焉則所以望之者後矣或曰子路爲季氏宰則隳三都乃心罔不在王室也使不狃而有張公室之心固子路之所願也亦不悅焉何也曰甚矣風俗之移人也王室衰諸侯横爲大夫者不敢忠於王

室諸侯弱大夫肆為家臣者不敢忠於公室故萇宏
與周史臣著其貶家臣死黨舉世以為賢當時列國
魯號秉禮昭公之十二年南蒯與公子慭謀逐季氏
昭公與焉其鄉人有知之者顧曰家臣而君國有人
矣哉迨昭公伐季氏叔孫氏之司馬曰我家臣也不
敢知國救季氏而昭公孫則是舉國臣民惟知忠於
所事矣當時諸侯齊景為賢南蒯奔齊景公曰畔夫
對曰臣欲張公室也子哲韓曰家臣而欲張公室罪
莫大焉則是天下諸侯不以背公為罪矣風流相扇
上下相師背公死黨之心盛為君忠國之念消致人

主孤立於上大夫強橫於下公室欲張而不得篡弑削弱之禍相望於世雖以聖門高弟或不暇知其非也故顓臾近費冉有與戎孔子欲往子路不悅此則一時風俗之移人耳然則畔不爲非歟曰臣而畔君焉得爲是欲張公室則未可深非也後世莽操炎裕之徒其黨有舉兵而欲誅之者君子固與之矣昔安祿山數顏杲卿我奏汝爲判官不數年超至太守何負於汝而反杲卿曰天子何負於汝而反我世爲唐臣官爵皆唐有雖爲汝所奏豈從汝反邪我爲國討賊恨不斬汝萬段何謂反也祿山不得反杲卿則季

氏豈得畔不狃哉不狃非畔則孔子之欲往也固宜於佛肹也亦然然則何以卒不往曰不狃之張公室亦猶桓文之奬王室耳其他議論多類此君卒時庶弟京僅三歲所生二子長嘗甫五歲幼甸亦三歲時先生之年已垂老盖不勝宗祊之慟也得君著作不忍讀終一紙天下大夫士無論識與不識莫不聞而悲之君雅好儉素雖生長富貴中自奉養率如寒士少時不肯着新衣客至吳夫人強之然後着客甫出門亟麾去或問其故曰無他吾特惡其華耳盖淡泊之性自幼則然矣見利顧義辭受無細大必謹方伯

陳公士賢先生考會試時本房門生也因君北行贐白金二鋌遣人致辭曰某平生不餽遺人徒以老門生之故故破戒爲此耶君其勿郤君愧其辭不受陳自愧失辭亟謝過往返數四竟不受陳嘆息而止治家嚴明有法度臧獲數百人見之凜然無一敢涕唾者與人交任眞無鉤距是是非非明白無回護然剛中少容觸物不平輒勃勃形詞色間遇人一語不相入卽兩目左右視若寂然罔聞者甚則徑去弗顧不善效時俗俯仰見人委曲巧媚態疾之如讐絕不交一言每自訟以爲過激終亦不能改也然外雖嚴毅

中有惻隱心每欲修先曾祖思貽公掩骼埋胔故事往往施德於不報北來時嘗夜宿會通河舟中夢至一江岸旁有古墓土爲水所嚙其棺石也盡露而缺其一方明日過一處儼然夢中所見也亟戒從掩以土仍欲求楮幣酒漿致奠而舟已不可留猶以不及致奠爲恨其所娶韓氏無子旣抵京先生深惟嗣續計欲爲納側室君以娶妻未久情有所不忍因固拒閤老徐先生聞君言呼之至前責以義申論至再三始黽勉從命納徐氏生二子女三某韓出君歿後二年殤亡某媵某氏出今九歲某徐出今五歲嗚呼以

先生之仁而不能壽君以君之賢而不能自壽茫茫者天吾又安從而詰之乎使天少假君以年其所就當有大過人者而乃止於斯也豈但君身一家之不幸哉孑從先生學最久與君相得甚驩間嘗爲孑道其少年事皆歷歷可敬病中又手書平生立身行已之大端易簀時將持以授孑而孑不及與君訣其意蓋有所託也君卒既踰期其柩亦歸抵瓊山而懿行未白幽冥之中負此良友多矣情雖不忍書而義則不容不書因卽所見聞曁得諸君之鄉人而信者次爲事狀一通凡君之世次言行與其著述之有關世

教者皆載焉謹錄以求銘於當代立言者以紓先生暮年之悲以慰君之靈於地下辭繁而不敢略者蓋專有待於筆削也宏治四年六月十二日友生蔣冕狀

重刻蔣文定公湘皐集卷之二十九終

一圜俞當藹校字

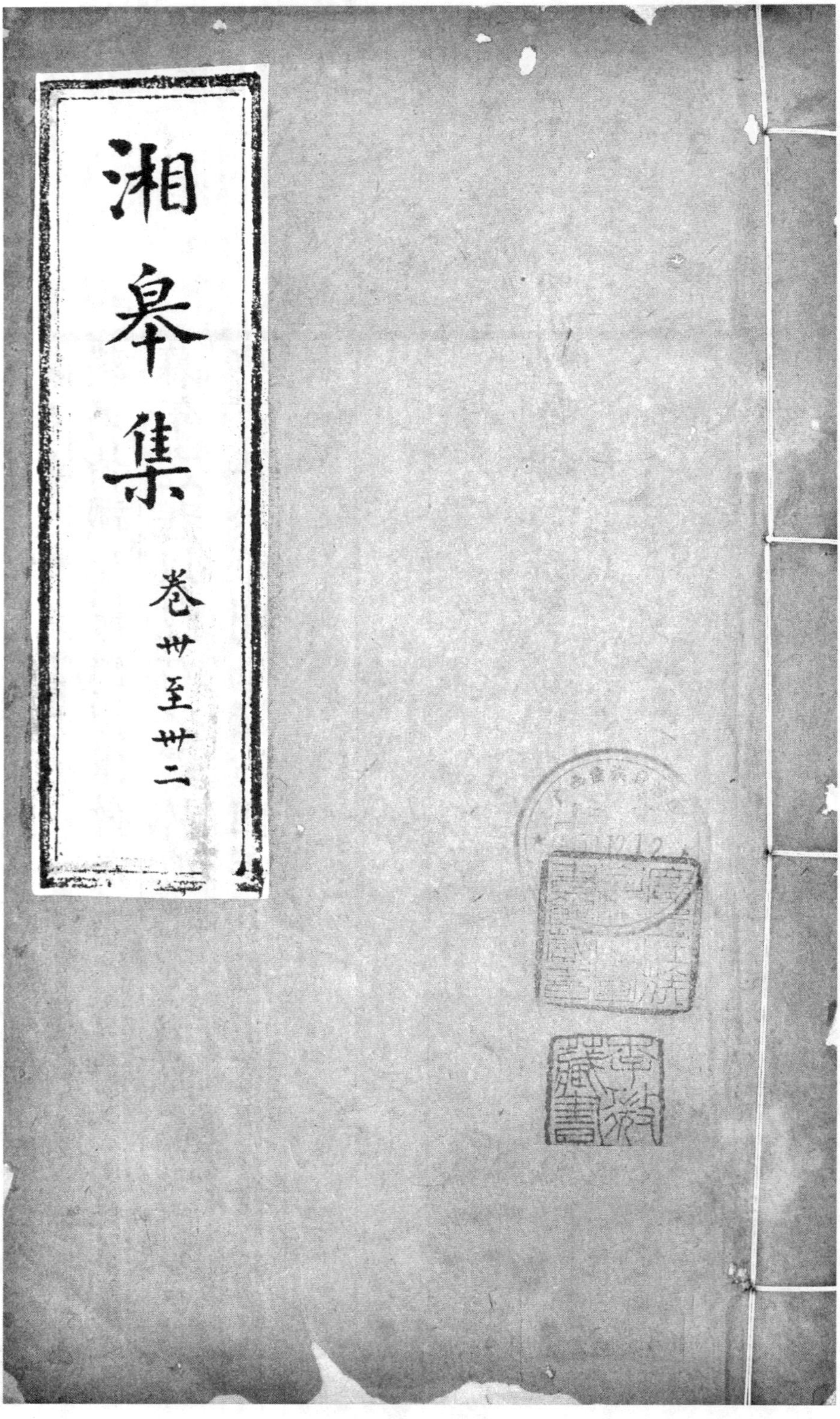
湘皋集
卷卅至卅二

重刻蔣文定公湘臯集卷之三十

清湘後學俞廷舉重編
闔邑紳士　同刊

行狀

封通政使司左通政陳公行狀

公諱表字公儀姓陳氏其先世居茶陵之蒲江代有聞人五世祖志同元延祐初科進士以賦天馬有聲場屋間鄉人因號天馬陳氏天馬之從子南賓至正中第進士官全州路學正遂家於全入國朝應聘官國子助教入侍講筵高廟以蜀獻王賢難其相選陞

左長史職專輔導其文學行誼表然爲世名儒著述滿家至今學者類能誦之長史生民秀民秀生朴搏學善屬文性不樂仕進有司强起之爲建德幕賓尋薦名應天府鄉書遂拂衣歸鄉里配蔣氏生三子伯宣季章公其仲也建德公之家居也士擔簦而從之者甚衆公日與其兄若弟儕諸生中趨庭稟學焉既而伯兄季弟先後舉於鄉爲郡縣文學公益勵用世志勤苦問學於是二親老矣公因嘅然太息曰吾奈何違吾親之養而鶩乎外哉遂不復萌進取念一意供子職惟謹事二親跬步弗忍去左右里中宦族蔣

氏求公爲贅壻廹於親命不得已黽勉從之日必再
歸省未幾郎㛰家來侍養而於外氏父母始終恩禮
無間廹其卒殯葬之不異於所生公之篤於倫紀類
如此公長身偉貌自少雅負俠氣莫肯出人下人或
以非禮陵之輒風怒電激不自已中歲益務爲寬厚
雖犯之而恒不較晚以冢子斑貴錦衣金帶優游祿
養而斑屢以公務便道還鄉奉觴上壽於時從子瑤
亦袞獬豸於烏臺鄉閭歎羡以爲全人前此所未有
藩臬重臣以事過謁者每與公分庭抗禮郡縣吏日
趨走門下而公益遜避不敢當嘗別墅於城北四五

里許日課家僮樹藝其間家居之日月率不過什三四時或與田夫野老分席相嬉娛遇人無老少恒卑卑然若畏憚之者人尤以此樂親之屬纊之日哀悼之衆蓋無間於疏戚云性雅好清潔因自號冰月翁以見志其生永樂甲辰五月二十二日其卒宏治癸丑十一月十八日享年七十配蔣氏婦道母儀爲九族冠初封安人繼封宜人今贈恭人先五年卒子男四長即琉字仲廉成化戊戌進士擢戶部主事選陞通政參議今任左通政次璘次璲鄉貢進士次璜女二長適瓊州府推官郭宏先卒次尚幼孫男九邦傑

邦伊邦儒邦仕邦偉邦傅邦信邦偁邦儼邦傑邦伊皆郡庠生女六曾孫男若干女若干公前後三荷貤封之恩受勅者一受誥者二故事五品已封贈父母四品不得再請琎官叅議五品既受誥封公如已官及陞通政四品復移所當得者封公及其配蓋異數也至是卒訃聞朝廷復遣官賜祭琎將歸守制卜以卒之明年某月某日與蔣恭人合葬於瑞牛山之原懼公之平生或不白於後世俾晃狀其事晃因竊自念七八歲時先編修府君遣從仲兼君游朝夕往來公家甚荷公撫愛况晃之伉儷實公之從子而公之

冢孫邦傑又婿於冕之伯兄於公爲世姻潛德之狀

豈容他讓遂泣而書之以告當代立言君子

先君行實

先君諱艮字希玉姓蔣氏世居於全全之蔣氏數百年來望於郡中者其大族凡十俗謂之十大房其先皆出漢安陽侯琬吾宗其一也有爲府叅軍者諱克泰生承信郎諱某承信生某官縣尹縣尹生諱子芳亦仕爲縣尹諱子芳公生二子長諱長卿官至提舉次諱榮卿於先君爲高祖亦生二子長諱志敏次諱志學諱志敏公湖廣行中書省掾生一子諱貫方在齠齔而省掾以公務客死於廣南諱志學公遂子而教之洪武癸酉以詩經薦名湖廣鄉書官刑部河南

司主事陞員外郎姚蒙氏生三子長諱安隱德弗仕以長者稱於鄉姚唐氏繼滕氏先君滕出也兄弟三人而先君爲之長以永樂丁酉正月二十日丁未生而多疾蒙夫人與滕夫人更相保抱得免無虞天性淳篤自爲兒時一言一動皆不妄見者咸愛重之年十六選入郡黌爲弟子員時錢塘周公健以監察御史來守全每詣學宮輒群試諸生以課其勤怠獨雅愛先君恒舉先君名以激厲諸生會新建馬俊先生以進士掌教全庠先君挾所習世傳毛氏詩從之學馬先生喜先君端雅每有講説未嘗不爲之傾盡漸

陽蕭憲副鑾督學政至全重先君學行每以賢友呼之而不名先君初字易㫜盖塾師所命取先儒成説初無意義習稱之久而未更蕭憲副問知之爲更今字因歷問先君諸兄弟字而一一更之且指摘經傳奥義以示先君由是學日益進正統丁卯領廣西鄉薦屢試春官不偶卒業太學所交游皆天下知名士未幾歷事於兵部天順丁丑謁選銓曹拜河西知縣河西隸臨安府爲雲南僻邑其民多夷獠好惡無常性先君蒞之一以誠政令設施一惟德化是務不事刑罰雖鞭朴桎梏羅列於庭未嘗輕用民有過誤抵

法者諭以理道委曲詳盡務俾人人自新始邑人未知學學舍荒蕪師生講習無所先君相其舊址拓而新之改建學舍選邑民子弟之秀頴者增補弟子員親爲據案講說勸誘以文藝會學諭綿竹朱玘師道嚴肅先君尊禮之諭諸生悉遵其軌範自是邑士始有繼登科目者邑地狹民寡前此著名版籍者戶僅餘四百先君至平賦役循行田野召耆老詢民疾苦告以衣食之源教之力作敦本越數年田野墾闢戶與稅視舊增四分之一歲旱田疇龜坼先君齋沐宿於公旦夕徒跣遍禱邑四境山川既而大雨如注歲

事豐穰連數歲不雨禱輒應卒賴以有秋民不知有
流徙之苦人皆以爲誠心所感雲南邵僉事玘行部
至河西歸語僚佐曰諸縣令慈祥愷悌眞足以爲民
之父母者當以蔣河西爲第一聞者不謂其爲溢美
然先君爲政不一於寬尤急於鋤强薙梗邑有鄉名
寸白里民入租於官動爲群不逞之徒所持夏秋兩
稅殆爲之虧額先君諜知其弊榜諭通衢械其尤武
斷者數人宿猾皆斂手相戒莫敢犯其後先君既去
任繼者不循先君遺矩長惡太甚姦人肆志日侵削
閭左夷獠不聊生相率攻劫甚至白日刺平人於縣

前縱火焚民廬舍於是邑人益思先君德政不能忘在任滿九載將上計於銓曹邑之耆老數百人相率告於藩臬重臣願更借我侯數年知臨安府周君瑛雅稱先君持身蒞政端謹而公勤又重違民意力言於藩臬將聽民所請而藩臬中賢先君者非一人亟草奏留之先君以滕夫人春秋高欲得便道歸覲力以情告賢先君者憫先君之情誠切乃止不復留但詳錄奏草與耆老所言者聯爲巨幅走驛馬寓全以示褒獎之意旣抵京銓曹書先君上最歷於俲久之始改廣東都指揮使司副斷事知縣品居七而副斷

事亦七品地雖優而秩則散類左遷者人皆爲先君不平而先君居之自若也斷事主兵衛刑獄而先君爲之副職務甚簡憲臺臬司遇事涉兵民而槃錯棼結者屢檄先君往治東莞豪民鄧某等數十人與南海戍兵爭田獄更數年不能決先君至亟集兵民之有名於公牘者詳覈之悉得其情事上獄遂決尋持檄讞獄於韶而勝夫人卒於家訃至即日解官西歸歸僅數月而卒得年僅五十有八卒之前三日與里人會飲酒方行覺腹中微痛扶至家卧床纔兩日疾遂劇初疾未作時命伯兄昇往鄰邑省其外舅楊幕

賓未浹旬而疾作將易簀遣人趣昇歸覓幅紙書數十字昇之點畫皆端楷無異平時書畢命飲酒三巵朗吟古人詩曰人生有酒須當醉一滴何曾到九原吟罷神色不少亂徐問侍者曰此何時對曰雞初號矣即就枕翛然而逝蓋先君平日心神清泰故雖處死生之變而方寸耿耿不亂如此平生不爲皎皎卓絶之行與人言吐露肝膈洞達無隱情其使人務爲優容掩覆寧人負我毋我負人人亦卒莫之忍負處朋友處寮屬一以忠厚仁恕爲主雖有桀驁者服先君德量莫不氣奪而意消官河西時幕官某某始迂

視先君遇事輒欺詐無復顧忌先君益誠待之某卒化服更加厚善及官廣東同官某某者鄉後進也一日偶飲醉公肆詬詈將奮臂以擬先君先君笑而去之明日某酒醒來謝先君陽若不知者曰疇昔之夜君醉吾亦醉不識君今所謝者何也某卒大愧服自幼孝愛天至事先祖處士公愉色婉容出言惟恐傷之肄業郡齋時每休沐歸輒竊取蒙夫人衣服手自澣濯私以授侍者不令蒙夫人知及出官在外勝夫人老不能來就養每食遇異味輒泣然流涕曰吾母不食吾何爲乎食友愛二弟自少至老如一日先世

所遺田産悉以與之平生不事生産作業計口市田朝夕僅足用而已所得俸資盡以散宗族姻舊於貧乏者尤極力賙之不少吝家居讀禮之日囊無餘金廩無餘粟妻子奴婢未免有乏絶之憂而先君安之終日怡怡如也性頗喜飲雖少僅三四觴亦陶然而醉醉輒脫巾掀髯浩歌古名賢詩騷數篇笑語軒然若不知有身外事讀書務通大義不屑屑泥章句獨好觀古名人嘉言懿行之大者平居誦之甚習喜吟詠所作惟取適興不求甚工今傳於家者二百餘篇卒之年爲成化甲午三月二十五日其年十二月二

十七日葬柳山寸月亭右二百步卒後十有八年受
勅贈文林郎翰林院編修制詞有性資敦厚學行老
成及擢官宰邑循良已著於當時之褒知先君者皆
謂爲實錄云

先母封太孺人陳氏行狀

先母太孺人姓陳氏滇之通海人父諱儼母孫氏先公贈編修府君令滇之河西時室焉先公諱㫤字希玉姓蔣氏世居湘源初太孺人之事先公也先公元配郭孺人病已革亡何而卒太孺人代總家政事無鉅細處之悉有條理時伯兄昇尚幼姊適滕氏者亦未笄太孺人撫之恩義篤至服食百須不待其有言而一一悉如其意先公喜曰斯足以使我無內顧之憂矣先公既滿任歸尋北上需選於京師再閱歲改官廣東都司副斷事北南往來皆太孺人與俱其所

助益尤多先公在廣東無幾時卽以先祖母滕孺人憂解官歸歸未半歲卽謝世官中祿入皆盡於宗族姻黨至是益落落太孺人脫簪珥授伯兄俾營葬事餐糲服舊怡然安之不見其有不足之色孀居十有四年晁始從伯兄同竊末第叨有祿秩資用漸給太孺人儉以持其家一一如先公初喪時太孺人家居晁嘗兩乞歸省聞以官編修所受封太孺人勅及侍今上東宮時所得恩賜銀幣歸敬奉為太孺人壽太孺人盥手焚香北向闕庭拜稽無已已而詣先祖考祠焚香拜稽如前因語晁曰此朝廷之大恩吾與爾其

何以致此皆爾祖爾考之餘澤也爾其努力報國恩
以無忘先德宗戚中至今類能誦之太孺人素康强
食生飲寒夙興就風中櫛髮殊無老人態冕前年再
歸省從太孺人上先公塚往返五六里太孺人行步
如飛少壯者皆追而不能及冕因奉迎北來過南都
舉家病疫抵臨清冕病傷寒幾死甫入京子履正病
半歲死太孺人始忽忽不樂由是積憂成疾遂至不
起太孺人生於滇老於湘而卒於京至京未滿兩歲
而憂患疾病居其多竟以正德丁卯六月十九日卒
於冕之寓舍上距其生正統戊午二月十五日得年

僅七十皆不孝晃罪逆深重之所致也跼天蹐地無所控訴終天之痛尚何時而可已邪屬纊前數日猶趣晃入館治史事臨終處分後事歷百數十言不亂最後語晃曰寄聲爾兄善居官吾不得再見之矣遂瞑目不語越二日竟卒嗚呼痛哉太孺人平生最嚴於奉祖每晨起必展謁先祠歲時奠享事必躬治不以委之人得時新之物雖瓜果之微不以薦則不敢嘗祖考妣忌日皆謹識之至其日必備物以祭勤女事雖老猶紡績不輟子婦或諫止之則曰此我道當然也待臧獲如子有小過必爲之隱諸子或加以詈

責則必戒之曰彼亦父母所生也爾奈何弗之卹浣濯則必念汲者之勞炊爨則必念薪者之勞恒以此自誦亦恒以此語人其仁恕蓋天性然也子男三人伯兄昇郭孺人出由南海知縣入南臺爲御史今爲汝寧知府次郎晃次昪郡庠生皆太孺人出昪先太孺人八年卒女二人壻俞洪滕暉孫男若干人履端盛陽履長耕孫犬兒孫孫庚庚履信履正榛榛履端郡庠生盛陽耕孫犬兒孫孫庚庚履正榛榛皆夭女若干人晃追痛罔極心隕魄喪茲將扶柩歸以卒之明年某月某日葬於湘南尹家塘之原深懼太孺人

嘉言懿行不白於後輒忍死而書其槩泣以告於大
君子伏惟矜而賜以哀辭曷勝哀感之至

安人劉氏行狀

安人諱滿玉姓劉氏世爲湘源人曾祖某祖某父某皆隱德不仕母某氏安人爲處子時端懿貞靜不妄言笑日坐閨幃中習剪製組繡事足跡未嘗踰庭外父母甚憐愛之擇所宜歸於今戶部主事同郡陳公既歸恪執婦道舅封主事氷月先生性雅好澹素姑蔣安人尤嚴毅安人小心承順恪勤匪懈舅姑皆稱善事公尤謹公領鄉薦試春官不利歸益究其所業每五鼓輒起挾册呻吟終朝不輟聲夜以繼日不至雞號弗休率以爲常安人夜則宿火寢室以待之雖

隆寒盛暑不少厭布衣蔬食清約儉素處之怡然公既第進士官朝著俸祿之入家稍饒裕安人勤儉如平時凡女婦事如紡績湔濯縫紉酒漿醬醯烹飪之屬皆樂爲之不倦平居不妄殺一牲市一肉而祀先待賓則極力治具豐腆精潔各稱其宜姻戚歲時往來無愆度鄉人以事至京師過謁者必飲食之或及其僮僕歸則無不感悅公無內顧之憂得以盡心職事者安人贊助之力居多公爲主事滿一考朝廷推恩封其二親安人遂膺褒封之命未幾公以公務便道挈安人歸龍章鳳勅照耀閭里鄉人榮之居無何

忽得疾餌藥灼艾弗克愈復來京師甫逾時疾益劇成化乙巳正月三日卒卒之前夕謂公曰術者嘗言吾壽不過三十六今如期疾乃爾吾殆不起乎公多方寬解之凌晨目漸閉不能語竟絕距其生景泰庚午十一月二十八日生十八年歸於公自結縭至屬纊首尾凡十有九年公屢北上試春官且久寓京師與安人共聚處者僅十年至是卒公哭之過哀下至臧獲莫不流涕子男二長愷娶蔣氏次悌甫六歲女一淑秀許適鄉貢進士唐泰之子某治棺具斂一遵禮制愷將扶柩南還葬於史家山麓公忽忽如有所

失欲圖文字以著不朽乃謂冕曰安人之德吾子知之詳矣其爲我狀其事行以蘄太史氏銘諸幽表諸墓冕因竊自念年八九歲時先考遣從公游朝夕往來公家甚蒙安人撫愛旣而隨計上春官卒業太學者三年公適官於朝日出入門下安人所以眷顧而體念之者尤至况安人之冢婦實冕伯兄鄉進士之長女而冕之伉儷又公之從妹於安人爲世姻淑德之狀莫容他讓謹撰次平日所聞見曁公所以告冕者大槩如此進於立言君子庶幾有所擇而傳焉

事略

槐廳蔣氏先世事略

先世生卒年月自五世以上皆無所考七世以上則雖名諱亦不能知惟相傳以爲吾蔣氏遠祖有號三府叅軍克泰者有號四承信有號十一判寨者有號十二縣尹者有號五縣尹者累代龕而香火或糊楮於板或懸軸於壁首以此諸祖大書於其上歲時祭享必歷告焉其名諱皆莫能知世次遠近亦莫能詳也自此以後始知其諱其所云仕隱稱號亦莫能詳止據板軸所書登於神主而祇奉焉後之人繼繼承

承益篤尊祖敬宗之心以不忘報本反始之道庶幾
不愧爲先世父祖之子孫云爾
六世祖考諱子芳府君仕爲縣尹配鄧氏孺人諱妙
覺二子長提舉次府掾
五世伯祖考諱長卿府君仕爲提舉配許氏孺人生
六子志祥志道志謙志和志禮志琳
五世祖考諱榮卿府君仕爲府掾配陳氏二孺人生
二子長省掾次郡老
先高伯祖考諱志敏府君仕爲省掾以公務卒於頭
南吾全人謂桂林以南諸郡邑皆謂之頭南但莫詳

其所在也配李氏四孺人
先高祖考諱志學府君以齒德爲鄉人推重稱爲郡
老配唐氏三孺人永樂元年壬午十一月十七日棄
世
以上累世墳墓皆莫能詳其所在今仁峯嶺有遠
祖妣孺人李氏墓亦莫詳其爲某某所自出也
先曾祖考員外郎府君本省掾公子省掾公旣卒於
南土郡老公子之生於元至正二十三年癸卯九月
十七日卒於永樂四年乙酉[redacted]月[redacted]日仕終南京
刑部員外郎正德十六年贈光祿大夫柱國少傅兼

太子太傅戸部尚書謹身殿大學士葬仁峯嶺在遠
祖妣李孺人墓之前左三子一女女嫁趙亨
先曾祖妣蒙氏夫人生於元至正二十年庚子十月
二十六日卒於正統七年壬戌十二月二十日得年
八十二卒之次年癸亥三月葬仁峯嶺卒後八十年
贈一品夫人
先祖考府君諱安字舜珪生於洪武十八年乙丑八
月十八日卒於正統十四年已巳二月十五日得年
六十有五初娶古富洞鉅姓唐氏未數月卒繼先祖
妣滕氏三子長先父諱艮次諱文次諱全三女長適

唐推官之子璿次適莫鑑次適唐隆卒之年四月二十二日葬白石之黃山卒後六十六年誥贈通議大夫吏部左侍郎兼翰林院學士明年加贈資政大夫禮部尚書兼翰林院學士後五年又加贈光祿大夫柱國少傅兼太子太傅戸部尚書謹身殿大學士

先祖妣滕氏夫人世居城北門外爲吾全著姓女兄弟三人夫人於次爲二生於洪武二十二年己巳五月二十三日辰時卒於成化九年癸巳正月二十一日得年八十五卒之年四月初四日葬仁峯嶺初贈淑人再贈夫人三贈一品夫人

先叔祖父大叔公府君初名義後更名瓊字舜瑛生於洪武二十一年戊辰九月十九日卒於成化六年庚寅正月初五日得年八十三葬仁峯嶺二子長諱輔次諱弼四女長嫁者老袁旻次嫁訓導趙淵次嫁倪瑞幼者未字而卒

先叔祖妣大叔嬸趙氏孺人出塘坑大族生於洪武二十六年癸酉十一月初四日亥時卒於成化元年乙酉八月二十九日得年七十三葬仁峯嶺

先叔祖父巳叔公府君諱銘字舜珙生於洪武二十五年辛未七月初六日卒於景泰五年甲戌三月得

年六十四葬仁峯嶺一子諱紀三女長嫁王宏次嫁
廖理次嫁衛經歷袁琪
先叔祖妣巴叔婁羅氏孺人生卒年月無所考與先
叔祖父合葬
先考河西府君諱良字希玉以州學廩膳生正統十
二年丁卯領廣西鄉薦卒業國子監歷事兵部除授
雲南臨安府河西縣知縣九年考滿調廣東都指揮
使司斷事司副斷事成化癸巳以先祖妣滕夫人憂
解官歸未半年卒先父生於永樂十五年丁酉正月
二十日卒於成化十年甲午三月二十五日得年五

十八卒之年十二月二十七日葬於柳山率性堂之
右宏治二年贈文林郎翰林院編修正德六年加贈
奉直大夫翰林院侍讀學士九年加贈通議大夫吏
部左侍郎兼翰林院學士十一年加贈資政大夫禮
部尚書兼翰林院學士十六年加贈光祿大夫柱國
少傅兼太子太傅戶部尚書謹身殿大學士事行之
詳見於累朝誥勅及少師李文正公所作墓表太子
太保靳文僖公神道碑銘子男三長昇次晁次㝵女
二長適俞洪次適滕暉
先母郭夫人世居學前臼堵塘爲知縣懋第五女生

於永樂十五年丁酉十二月初八日寅時天順五年辛巳四月初五巳卒於雲南之河西得年四十五初權厝於河西之普應寺旁後歸骨於湘成化七年辛卯遷葬於白石之黄山初贈孺人再贈宜人三贈淑人四贈夫人五贈一品夫人

先母陳夫人世居雲南之通海父諱鑑母孫氏生於正統三年戊午二月十五日正德二年丁卯六月十九日卒於冕京中官邸得年七十以卒之後二年七月初七日葬於尹家塘初封太孺人贈宜人加贈淑人夫人及一品夫人世出事行見少傅守溪王公所

作墓志銘及少師瀏東費公所作傳

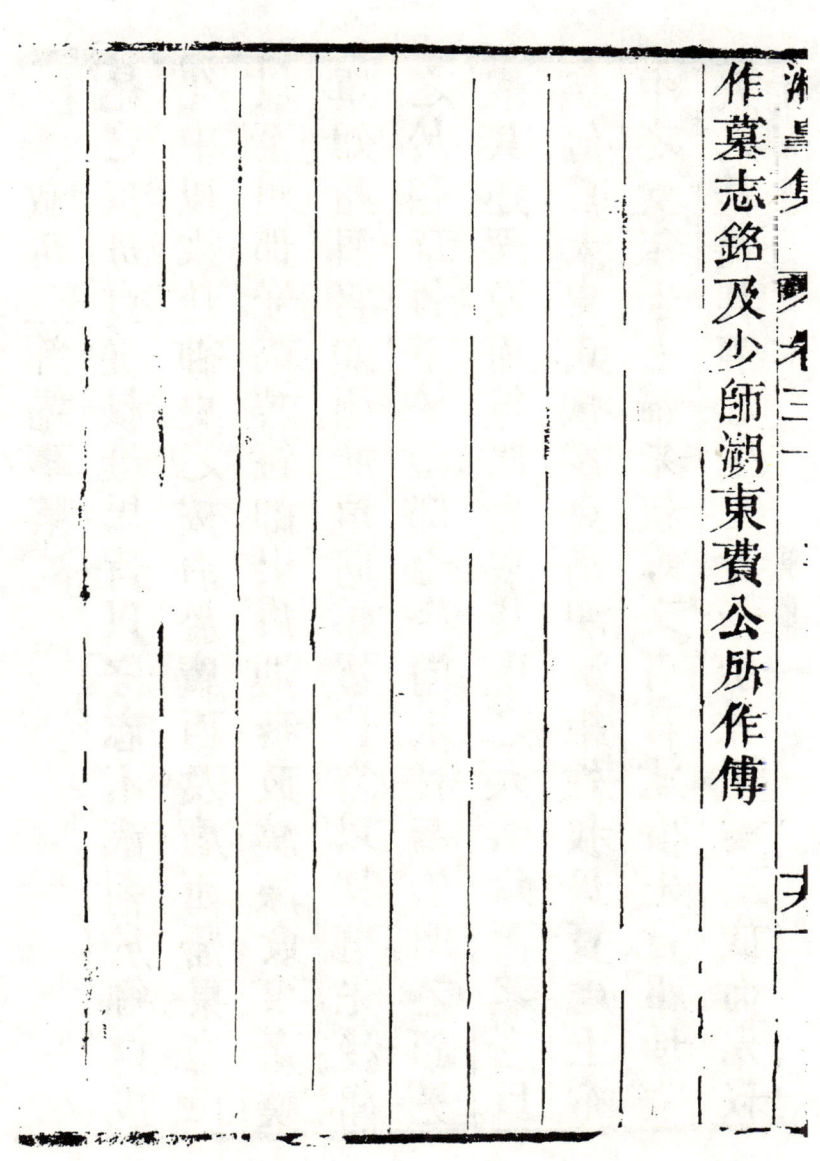

叔母二節婦事略

冕之叔母袁從叔母馬皆以守志不貳稱於鄉自成化中以來凡御史之按治於廣西及廣西藩臬之臣以至州郡守貳若鈕御史清洪叅政漢陳僉事嘉謨單知州渭官知州昶童同知璽皆嘗以其事先後聞之於朝章皆下於禮部至今尚未獲奉旌門之詔冕懼其遂湮沒而無聞也取其事之大略錄而藏之以俟他日太史氏採擇袁爲湘源鉅姓叔母實處士希中之女年十七歸先叔諱文府君逮事先曾祖母蒙夫人甚得其懽心生二女一子昱子纔三歲而先叔

卒初先祖白石處士公喪先叔極力營葬事隆冬苦寒跋涉險遠因感疾歷二歲不能愈叔母所以調護救療之者甚備及先叔卒叔母年纔二十有六其母閔其少而難寡居也屢以語試之叔母慷慨出忿言誓此生决不再適屏膏沐去華飾益苦心瘁力不少悔於是家益貧歲入恒不給率躬力蠶織積布帛以易穀粟如是者數十年而後二女始皆有歸長適龍真次適周盈昱始授室唐氏生孫二男三女方朝夕受昱養含飴弄孫而昱又不幸遽卒叔母撫抱諸孫輒潸泣不能仰視今年七十有七矣馬亦湘源甲族

處士志明其父欽州節判賓其兄也馬叔母嫁從叔諱輔府君未十年而寡所生止二女時先叔祖夫婦老俄失壯子幼子弼纔十餘歲二老旦夕輒悲不自勝馬叔母因亦誓不再適如袁母上奉二老下撫弱弟爲之娶婦唐氏其貧薀不減袁母而勤苦過之手自紡織率至夜分不休兩目皆爲之昏其年加袁母二歲今七十有九矣二女適唐樟謝祜適謝祜者今卒亦數年馬叔母哭之恒過時而悲聞者莫不爲之隕涕云宏治壬戌歲從子冕謹述

剿平貴州夷婦米魯搆亂事畧

貴州夷婦米魯普安州土官州判隆暢之出妾也隆暢疑米魯與其子禮通密遣人殺禮米魯怏怏遂過於營長阿保禮既死其妻適固亦爲營長福佑所烝由是數人者皆讐視隆暢米魯阿保尋相與陰謀致隆暢於死米魯等自是肆無忌憚糾集夷衆刼掠諸山營寨白晝對衆支解人以爲常有二人以其事告於巡按御史張淳適張巡行於外米魯等詣張馬前分析且求告其事者主名與之對理二人出入常依傍御史左右以防米魯等殺害至是米魯等知而疑

之遂於御史前截二人頭徑去御史乃借鎮巡議先發後聞調遣漢土官兵往剿之旬日間阿保父子及其黨與皆見擒戮惟米魯遠遁不能獲福佑畏死出聽招而終包藏禍心乃宏治庚申冬米魯與福佑謀殺隆暢次妾適烏并其二幼子殺之明年辛酉夏巡撫都御史錢鉞委按察使劉福督兵捕之米魯福佑乃集烏合之衆萬餘來拒官軍爲其刼殺者甚衆領兵都指揮亦被虜而死事聞上命兵部調遣雲南四川湖廣廣西漢土官軍十餘萬往征之而以南京戶部王尚書軾兼都察院右副都御史總制戎務尚書

甫入境賊聞大兵將至自知罪無所逃遂大肆叛逆誘扇生苗數萬攻圍附近各處城堡雲南布政梁方貴州布政閻鉦皆見圍困於安南衛城中勢甚危迫鎮守太監楊友聞之統調官兵八千人過盤江直抵安南城下賊始退避梁閻二布政乃自圍城中出其時議者謂楊太監當賊退避後尋卽班師仍北過盤江固守險阻以待尚書至日聽其處分則計出萬全矣有以此言告於楊者楊謂賊兵寡弱勢無能爲兼利賊賄賂百計需索賊怒其索賂無厭且偵其不設備也一夜擁衆入其營官兵不戰而潰倉卒爲賊所

殺戮及溺死者不可勝計領兵都指揮及布按二司官以下爲賊所殺者六七人楊太監遂爲賊虜入山寨賊跣楊兩足置之釜中以温湯煑之時呼其名而大詈罵自是夷獠横行道路斷絶賊所屠戮之處白骨如山過者慘慄近賊城池危如累卵滇蜀附近郡邑皆爲之騷然不寧矣尚書旣抵貴州以調來諸處及本處漢土官軍十餘萬分八哨約雲南鎮守沐國公崑巡撫陳都御史金統領所部官軍分四哨刻期並進以御史黄珂紀功監軍兵旣合四面夾攻其巢穴曰寨曰箐曰峒曰籠無不迎刃而破首取賊所虜

太監還帳中諸軍先後擒斬賊徒首級五千有畸俘獲老稚千三百餘人焚廬舍萬有餘區米魯福佑二渠魁同斃於官軍矢石之下時壬戌歲三月廿七日也自進兵至是僅兩閱月尋函二賊首獻於闕下奏疏班師夫以一夷婦倡亂環數千里皆爲之菹醢魚肉至勤王師十數萬閱三四寒暑始克平之古語不云乎涓涓不壅將成江河世之弭亂者盍亦壅之於涓涓之始而勿任其勢之至於江河也哉

重刻蔣文定公湘皋集卷之三十終

一園俞當講校字

重刻蔣文定公湘臯集卷之三十一

清湘後學俞廷舉重編
闔邑紳士　同刊

祭文

同年祭學士寅軒先生汪公文

惟公才名蚤聞於世有學有文德亦稱是甲科妙選蜚英詞林譽歸衆口忠結主心乃陟宮坊乃躋學士勸講經筵總裁國史屢持文柄以拔群英樂育髦士黻藻太平衆方仰公如星之斗帝眷甘盤其學維舊正徯霖雨澤宇宙間孰令公疾遽爾投閒爰晉春卿

月給以俸疾荷朝愈暮即召用仍官一子染翰螭頭俾侍湯藥庶公早瘳京邸十年竟弗能起天也奈何誰不隕涕况如某等久荷公知濫竽髦士公實教之分職諸曹雖屢寒暑歲時拜公輒聞誨語公薨前夕賀公生辰衆方聯轡往賀公門足未登堦哭聲滿耳豈謂賀生翻來悼死日月逾邁忽冬而春帝命歸葬於彼折濱撫棺一號終古之别公神洋洋寧不鑒格公行在史謚在太常公恩在心公像在堂嗚呼哀哉

祭封編修張公文

杞梓良材其大百圍可以備廟堂之梁棟匪直中室廬之桷榱雖嘗爲匠石之所睥睨掄擇而終焉自委於荒山之麓野水之涯盖其用與不用乃其幸與不幸而豈材之所爲如公剛毅之資邁往之氣浩乎沛然不可回撓而又輔以識見之敏達議論之辯博而莫或詭隨豈徒慨然將以身任天下之事凡夫世之縉紳君子名爲識公之爲人者亦莫不望其振奮激昂以見之於設施夫何低徊坎軻類有物以柅之也耶盖其得於天者雖既完而既厚豈其遇乎人者乃

有合而有離將天之所賦畀固爲有意而人之所以周旋委曲以輔成其天者徜或不能以無虧不然以公之才使少出其緒餘而薄見其毫末必將絕類離群驚世駭俗而豈遽止於斯也雖然惟其如此故天畀公以令子使凡公欲有所爲而未遂者有以代之而凡勳業文章耀世華國皆將屈指而可期古人所謂有子爲不死者在公今日足矣而亦又何悲獨維鄉里典刑一朝不可復見人無賢不肖倘猶涕泣歔欷而況係公子若女交好姻婭之末籍又平生所景仰而瞻依者於公之葬既薄陳醪羞之奠又安得不

侑之以言辭

祭誥封左通政陳公文

嗚呼代重閥閱公生名家奕葉文學天馬章華世美克濟德音孔嘉人重道義公能服行履和蹈素茹醇葆貞百年一日芬郁芳馨門重婚嗣公配淑德鏘然和鳴柔嘉維則似續振振滿床簪笏朝重恩典公屢祇拜鳳勅龍章維帝有賚身雖邱園錦衣金帶年重耆老公踰七袠齒髮不衰精神可掬迨屬纊時無異平昔古稱五福克全者幾公獨兼之哀榮生死爲公私計可無憾矣所可憾者豈在公身爲鄉邦惜耆舊爲骨肉惜親婣冕愚無似壻公猶子旦暮往來甚蒙

優禮宦游契闊不幸悼亡公訃踵來寧不盡傷歛不
憑柩嗟嗟何及殯而執紼尚能容力瑞牛之山松栢
鬱蒼公與夫人百世偕藏狀行丐銘用圖不朽亦既
殫心曷敢有負公神如在寧不我知詞以告哀聊奠
一巵

祭亞卿陳公文

金爲支郡幾六百年才賢雖衆顯宦寂然入皇明來固有顯者孰政巖廊則亦甚寡孰能倡之曰公弟兄中臺都憲司空亞卿公亞司空國用所仰易水之陽我峩山厰頻年積蠧紛若蝟毛一朝剗剔不遺纖毫上供既足民又不匱富藏里閭實維公惠歸視私家澹然如初寒暑屢易終始不渝公於功名可謂顯矣建立之大則固在此邇公筮仕錢穀是司晉職喉舌又無不宜肆在兩朝皆荷寵眷父祖貤封龍章有煥又有孫子多而且賢芝蘭玉樹文釆娟娟論公平生

舉無遺恨壽未六旬此獨少歉然公生死既榮且哀縱令期頤亦何加哉帝命營葬又錫以祭官給驛舟直抵湘濰此在吾全亦前所無匪公厚福曷克致乎覓昔髫年甚荷公教加之世姻益承開道始以師事終則兄之惟韓於賓禮亦如斯死生永隔情何能已撫棺以號薦以肴醴

同年祭費老夫人文

爲國生才厥功匪細矧所生者邦之偉器亦旣生之又見其成榮被於母嚋不知名人生如夢果孰修短子如夫人瞑目亦莞理雖無憾情能不悲肴羞之菲聊寄哀思

館閣祭賈老夫人文

皇明掄魁年少孰最曰惟一人鷟湖之費撰厥本原以有賢母相夫教子世罕與伍子既成名仕甫踰月遽荷恩封冠帔輝赫予今遷秩東朝講讀展書經帷載筆史局地望漸亨祿入宜優五鼎陳堂以供甘旨既偕夫榮宜終子養胡不長年倏焉淪喪訃音來聞上林驚悼遥致一觴哀以辭告

祭陳仲信文

嗚呼仲信奚仇弟昆奚怨妻子堂堂去之胡不少竢慈親老矣白髮垂顛君素至孝亦忍棄捐我始聞訃謂傳之誤今乃信然莫測其故載惟令族世業者儒簪纓科第聲光赫如君之任也獨非其好宜得長年以補所少命也孰天福也孰延茫茫天道孰司其權百年夢幻同歸於盡世德克長死亦何恨京國還往無間朝曛重以姻媾同其戚歡淮陰會合曾幾日月孰云於今終古之別堂留遺像不忍仰觀薄奠江滸惻然心酸

祭王應和大尹文

江陵直臣垂休委祉瑯琊華宗顯名著氏譬諸花卉根荄異常稍移盆盎日益茲芳性既明快才復通敏局趣轅駒寔公所陋學雖云晚志則甚勤鄉闈一試亞魁刻文薄游太學友天下士謂儒所耻不知一事九流異術博採旁搜彼元以要或提其鈎獨青烏學性尤酷嗜問造其堂亦隮其閾晚而釋褐得令海濱官雖未久政則孔循水利聿興以資灌溉瘠土成田人永有賴民競歌詠長乃不平公愈徑直事每力爭飄然投簪年固未耄有園有池我遊我釣憂時憤世

心豈遽忘病已伏枕語猶琅琅有美樂邱死便埋我
孤奉遺言體魄斯安惟予兄弟以媾以朋於公之葬
祇薦牢牲

代祭涯翁文正李公文

昔我孝廟銳意太平賢輔登用治功克成公於其間光稱大老巍巍堂堂百僚師表受遺玉几光輔今皇朝野倚重柱石巖廊康濟經綸備殫忠力勲業文章兩臻其極聖眷彌篤公請益堅幅巾藜杖綠野平泉位極人臣壽屆七袠優游考終公亦何慼謚曰文正當代所無范暨司馬與公爲徒出處進退完名全節生死哀榮光垂簡册某等曩以公務屢承指教訃音忽聞不勝嗟悼靈輀既駕窀穸有期一觴奉奠侑之以辭

衆同年祭胡世榮文

同年登第三百五十會幾何時殞三之一嘅今班行晨星可數公齒獨高靈光在魯方資規誨以保歲寒不見幾日遽云盖棺公昔出宰政聲甚著入丞太僕雅有令譽凡所施設必尊所聞肯苟其爲以負吾君衆皆迂公公不少貶行吾所安寧使有歉持古鼎彝以鬻於市售雖不亟其敢易視頹波難挽有識所悲茫茫九原公孰起之窀穸有期來奠卮酒餠以告哀公能知否

祭封少保大學士楊公文

名賢之出代不數人間氣攸聚如彼鳳麟有開必先事誠弗偶於維我公世豈多有維公冢子柱國少師匡持勳烈銘在鼎彝揆厥所元公功豈淺天固報之用爲世勸封極一品壽届八旬人間盛福孰與公倫五子十孫蟬聯科第玉筍班中後先相繼赫赫清卿掄魁中舍鼓篋橋門人皆醞藉凡此盛美孰匪公遺公仕雖顯弗究厥施公號留耕信哉盛德如責宿逋往無不獲晃自蚤歲拜公於京舟經鄂渚辱舉餞觥奉別多年曷勝景慕此日臨風忍聞悲訃少師奉勅

暫歸葬公辦香千里聊寓哀悰

祭劉仁徵文

士之用世患無其才有才無志亦奚尚哉志稱其才發不以義徒爾勞勞於事何濟惟吾仁徵才贍志宏見義必勇莫之敢攖執此以往必濟世用匪獨鄉邦藉以增重乘堅策良謂可萬里果誰尼之跬步遽止鄉魁甲第僅得虛名司空都水卒與禍并天官屢薦不登青瑣阨夫造謗遂死貶所茫茫彼蒼孰從詰之何辜仁徵乃至於斯謂秦無人鄉評共惜豈予區區敢私姻戚蕭然旅櫬過我湘皐感念疇昔撫棺以號舟欲西溯挽留半日薄具醪羞寄此哀臆

祭姻家文

嗚呼！鄉邦耆宿，孰與公仇？維德維義，不忮不求。人各有心，酸鹹異謀，尊賢容衆，公無不周。貴賤並觀，終始相侔，是以既榮且壽，百祿是遒。人皆謂宜，於公何尤？某忝居婚媾，如葛纍樛，忘年歡與，愛莫我儔。忍聞哀訃，涕泗横流，恨微官之如縛，欲奔弔而無繇。徒含情於千里，詞以侑乎醪羞。

同年祭潘以正布政文

嗚呼君豈無才不登顯位牧伯幾時遽罹讒廢亦既廢矣厄又孔多不出階戺坐困沉痾吾輩同年亦罕得接哀訃倏傳能不驚懾豈君之命故與才違孰司其柄莫詰是非憶君初官讀書中秘吾輩於君誼分甚至逮君六察進臬而藩北南睽隔屢易寒暄詶謝歸舊好方續詎意今晨寢門聚哭瞻羞雖菲豐者維誠君容在目彷彿平生

少師石齋楊公繼室喻夫人祭文

元臣謀國不暇謀家內焉無助其孰賴耶名賢良配
未易齊美況乎繼室抑又難矣惟少師公柱石元臣
室焉而繼乃得夫人天生名賢自有良配此唱彼隨
德罔弗類公官翰苑簡侍青坊翼龍而起薦陟廟堂
位極人臣依然布素退食自公不煩內顧翁封保傅
養高蜀中珍異踵致孝養日隆子魁天下文名赫赫
時督過庭無少矜色諸子玉立如圭如璋科名膺錄
相望班行允孝維婦允慈維母閫範無慚世教有補
有褒鸞誥一品榮封翟冠象服入覲兩宮備祇在躬

謂宜偕老胡遽淪亡理不可曉訃聞當宁䘏典殊常一切歛具悉出尚方諭奠有文護送有勅仍命有司經營兆域生而榮艷殁也盡傷死且不朽竹帛流芳某等筮仕以來素辱公愛忍聞靈轝返葬劍外翩翩冊旐一往不留陳辭告哀祇薦醪羞

祭戒軒靳公文在南京與厚老同遣人往鎮江致奠

前三四歲公懇辭歸惟我二人實同餞送謂公未老精力甚強聖眷方隆行且再召當復共事協濟時艱豈謂南來驟聞凶訃始公無恙我輩初南淮及金陵累辱存問手劄具在故情藹然滿望瞻承以慰懸仰事不如意遽至於斯公務所縻咫尺千里悲悼徒切哭不臨棺薄奠酒肴寓此微意

祭南京光祿少卿唐仁夫文

君起進士秩長大行所與還往皆時俊英遂致令名播人耳目爰陟副卿留都光祿積其資歷蓋已有年一夫造謗遽爾左遷譽言既多官始稍進讒謫幾時乃殞厥命灑然旅櫬尚滯他鄉何時返葬郴水之陽鄉里斯文素蒙雅愛千里緘詞曷勝永慨

重刻蔣文定公湘皋集卷之三十一終

一圜俞當藹校字

重刻蔣文定公湘皐集卷之三十二

清湘後學俞廷舉重編

闔邑紳士　同刊

策問

歲貢生試教職策問

問先儒有言四子六經之階梯審如其言則是學庸語孟皆所以階梯乎六經也而或又謂學者當以語孟爲本語孟既治則六經可不治而明乃不及乎學庸焉何歟豈學庸不足以階梯乎六經邪抑語孟六經有可以相通之理既能治此自能明彼

而學庸則否邪然又有謂學者當先大學而後語孟又且不及乎中庸而說者乃謂必如是然後可以讀天下書論天下事而又不及乎六經者其爲說何紛紛不一也爾諸士子於學庸語孟之書童而習之以至於今講於師友試於有司已非一日行將以其學於已者教乎人請悉言之將即爾今日之所言以驗爾他日之所教

問寇賊姦宄雖唐虞之世不能無顧所以處之者何如耳今盜賊縱横山之東西河之南北荼毒殆遍畿輔之地非其人遂至鼠輩恣睢謂莫已敵肆行

間不得已始別命帥出兵雖所至禽戮勢漸瓦解而殄滅之期尚屢宵旰考之漢唐宋以來若朝歌之甯季廣陵之張嬰浙東之裘甫邛之阡能貝之王則睦之方臘其凶鋒虐燄豈直倍蓰什伯於今日哉不旋踵而皆掃蕩無餘何古然而今不然也抑今日所以處之之法尚亦有當講求者乎執事者願有聞也

問三代而下稱善治者必曰漢唐宋其創業守成之君賢而可稱與其當時任事之賢臣能輔君以成治者代有其人矣其行事有可得而言者乎其所

成之治固云善矣擬之三代亦有可以庶幾者乎無也諸士子窮經之餘博觀史傳當必詳究於此爲久矣幸爲我一一言之

問孔子曰性相近也而孟子之論性則以爲人無有不善若然則堯舜與途人一耳何相近之有孟子學孔子者也而其言不同如此何歟願聞其說

問一代有一代之習尚西漢之經術東漢之名節晉之清談唐之辭章宋之道學其所尚未始有同者而政治之美惡運祚之延促亦不能以無異諸士子之讀史也其於前所云者講之熟矣可得而聞

之乎

問我國家設科取士試之以策而必舉經史時務以爲問者豈非欲凡爲士者明經考史通古事而以適於世用邪然則諸士平日取以學於已與夫指日舉以教乎人者舍經史時務之外果將何所用其心哉天下之務固多然未嘗無先後緩急之序也今日之所當先而最急者果安在邪無亦在於修內攘外已乎自唐虞三代以來歷漢唐宋其間明君賢臣能盡修攘之實或措諸事爲或著之言議炳然見於經史者大略凡幾請槩舉其事而折

衷其得失以對毋徒泛而不切於世用也

問古之人能立師儒之道者若河汾蘇湖亦三代以來之所僅見也其法有可行於今日者歟河汾弟子若房杜王魏皆勲業炳著於唐矣何故先儒疑之以為史傳不明言其師授歟出蘇湖之門者固有以淵篤純明直溫簡諒著稱者矣何梁棟桷榱之頌僅著於空言而不驗之於實用歟矣師儒之有關於治也尚矣周官大宰之繫民與大司徒之安萬民也皆不能無待於師儒不然則九兩六俗固有缺而不備者矣後之論治者顧往往略而不

講徒以爲飾治之具而已此其故何歟今欲法河
汾蘇湖則患與師授之說相悖且或不符於實用
欲法周官則患去古既遠法或不宜於今日諸生
試策之以爲當何如而可

擬科場試士策問

問道學盛於宋而厄於宋程朱二大儒皆倡明道學者也其在當時不惟時君不究其用且又爲之厲禁焉是故有專門之目有僞學之目入山著書則從而覺察之聚徒教授又從而禁絕之使其回視改聽者有之欲其宿道向方者有之而道學爲世大禁矣當時之士豈無卓然不惑於利害者而或先附後畔或始疑終信或依違於其間者亦往往有之君子於此誠不能不致憾焉豈道學之興廢天實爲之果非人之所能致力歟不然則孔子嘗

以道之行與廢而一歸之於天也非歟諸士子平
日從事程朱之學於程朱所遭與其所以自處者
當必究心久矣願聞其說

問大學之要在於三綱八目孔氏旣著於經曾子之
門人又以所聞而爲之傳以經統傳而首尾森嚴
以傳承經而義理精密蓋未始不粲然明備也然
自漢以來其書雜於戴記中世儒類以傳記目之
豈知有所謂經與傳哉至宋程子始表章之又至
朱子始析爲經傳以復聖賢之舊且爲之章句或
問然後聖賢垂世立教之大旨昭然復明於世蓋

大學之書至程子而其道始明至朱子而其義始備可謂無餘蘊矣獨其中格物致知之傳朱子嘗以爲亡而補之者世之儒者乃或不能不致疑其間謂其傳初未嘗亡特雜於經傳中未及正耳審如其說則是以朱子之義理元微不啻繭絲牛毛者顧反無見於此歟不然後之君子何故不以其言爲非且從而爲說以助之者亦往往有焉雖號爲朱子之世適亦屢著論以信其說何也豈聖賢經傳非一家之言則其說亦非一人之所能盡歟格物致知爲大學始教最初用力之地其次第工

程與其涵養本原者程子嘗論之而朱子取焉其爲補傳夫豈無證之言乎何世儒之論乃紛紛至此是蓋不可以不之考也幸悉言之以觀平日之所嘗究心者

問唐虞之時其在廷之臣皆有過人之才宜乎以一人而兼數職無所施而不可也然考之當時其典歷典樂典刑典工與夫鳥獸稼穡之典皆惟一職焉是守終其身而不易至於後世則有不然焉者豈後世之才皆賢於古之人邪況唐虞之時其所謂樂歷刑工鳥獸稼穡之類皆前無所因而剏制

品式皆一一可以爲後世法未有能易之者若乃後世樂歷刑工鳥獸稼穡之事則皆古人之成法是傚是循顧往往有偏而不舉之弊豈古之法果不可行之於今邪抑居官者旣拘於數易之制則雖欲專其智能以效一職精一事而勢有所不可邪何古今之相懸若是也居今復古當必有道以處此矣幸盡言之勿讓

縣學生求免軍丁策問

問古之人方其爲士則道問學及其爲農則力稼穡及其爲兵則善戰陣投之所向無不如意迨夫後世則士自士農自農而所謂兵者又皆出於士農之外於是兵與民判然爲二途矣今子籍雖在兵而業則爲士茲欲陳其士業以求免夫兵籍其於古今兵民分合之故當必有考焉以酌其宜於今日而又不失乎古人之意者請試陳之毋徒諉曰軍旅之事未之學也

應天府鄉試策問

問我太祖高皇帝嘗命儒臣纂集存心省躬二錄凡歷代帝王祭祀而有感於災祥及漢唐宋以來災祥之應於臣下者皆載焉其指授一出於聖心其命名悉發於天語行之當時傳之後世無非欲君臣上下同其警畏以致力於身心於以變災而爲祥也豈徒致謹於祀事之間而已哉然竊嘗仰窺二書命名之意於警乎君者則以心言而欲其存於警乎臣者則以身言而欲其省豈君固無與於身而臣則無與於心邪抑君臣之間亦有可以互

相致力者乎三代而上無容議矣漢唐宋以來其君臣之間亦有能弭災致祥者豈亦有得於身心存省之力乎國家列聖相承同一警畏至我皇上允隆繼述頃因災異示戒特勤播告之修仁恩惠政洽於海内而又戒諭群臣俾加修省葢仰遵祖訓而欲上下協德以益嚴於身心存省之功也其所以弭災致祥者端有在於是矣敢問諸士子不知今日尚有可以益紓宵旰之憂以爲召和之助者乎有則請敬陳之將轉以獻之於上

問我聖祖嘗讀尚書至敬授人時章語侍臣曰敬天

一事後世人主猶能知之敬民一事則鮮有知者
蓋彼自謂爲崇重而視民輕故也惟知民與己相
資則必無輕視之弊故曰可愛非君可畏非民大
哉皇言蓋自舜禹面相授受以來數千百年所僅
見也試與諸士子論之不知我聖祖所謂畏民者
豈眞以民爲可畏邪抑姑論其理如此邪今天下
之民比之國初其亦足畏邪其亦無足畏邪且在
國初干戈甫定當時之民容或有可畏者今承平
既久天下之民無一不涵泳鼓舞於深仁厚澤中
尚何可畏之有而我皇上乃夙夜惓惓不遑寧處

一聞四方水旱寇盜之警輒下所司俾其悉意區
畫形之詔旨者不一而足自非以古帝王畏民之
心爲心而欲上以仰繩祖武其何能及此夫何楚
蜀之間民之淪於盜賊者尚未聞其有還定閭里
之期蘇松之境民之傷於水潦者尚未聞其無凍
餒田野之憂此其故何也豈上有畏民之君而下
無畏民之吏邪夫以前代之臣尚有渤海亂繩廣
陵單車化刀劍而爲犂鋤者亦有京東安撫秀州
從事變災沴而爲豐穰者而可謂聖世之無其人
乎此二者皆今日之急務諸士子得於見聞之間

其必有槃於中久矣苟有可以仰裨當宁畏民之政者其尚無訥於言

問人君所恃以治天下者曰民財曰民力曰民情斯三者而已使於斯三者而不盡焉則經費何由而足工役何由而給姦慝何由而詰乎雖使堯舜三王亦無以治天下矣然宋儒之論顧以不盡人之財不盡人之力不盡人之情者爲賢而以歸於漢世之君且嘅其繼治者之不能然何也然則治天下者於斯三者果可以盡歟果不可以盡歟抑宋儒之論雖曰論漢其實又借漢以論宋也宋世之

君於斯三者亦固有盡不盡焉者矣果孰賢而孰非賢歟夫治道莫要於斯三者漢宋諸君同以之治天下也而其所行之得失乃不同如此庸可不求其故歟諸士子皆明於古今之故者是固不容默矣

會試策問

問自三代而後不嗜殺人而一天下未有如我太祖高皇帝者也故方其初渡江至姑孰也有進神武不殺之言者旣從而善之及至金陵有以不殺對所問者又從而喜之他日自宣至徽歷舉漢高祖光武唐太宗宋太祖四君所以取天下之道延問故老一聞不嗜殺人之對則卽賜以衣帛慰諭再三不但善之喜之而已自是以來凡攻取郡縣告諭群雄以至傳檄遣將北定中原無一不以妄殺爲戒不數載而天下遂定於一矣然則人君之一

天下其道果不出於此歟宋儒蘇氏嘗以此許前
所稱四君矣不知四君之事亦有能彷彿我聖祖
萬一者乎無也漢除秦莽之亂唐除隋亂宋除五
季之亂是四君者亦不可謂無功矣而視再造乾
坤肇修人紀復中國帝王所自立之天下如我有
功萬世之聖祖則固霄壤懸絕矣此而同之可乎
後來臨御間有處罪之嚴如大誥所載者豈聖人
治天下與其所以定天下者道固不能不異歟至
祖訓一書乃又不欲後世聖子神孫輒以嚴法繩
下且深戒後世之臣下妄言以啟威虐者然則擻

亂者之治天下與繼統者之守天下亦固無異道歟我聖祖神謨偉烈溥海內外固已家傳人誦久矣至於攘夷救亂一念不嗜殺人之心可比隆三代以益綿運祚於千萬年而不拔者則豈人人皆曉然無疑哉可敬陳之以昭示天下

問宋史取周程張朱諸大儒言行述爲列傳而以道學名焉蓋前無此例而創爲之以崇正學也大儒在當時挺然以道學自任而未嘗輒以道學自名流俗乃從而名之又因而詆之後又以僞學目之時君不察顧嚴爲之禁焉何也說者謂朱子集諸

儒之大成今以其同時諸儒言之有東嘉之學有
永康之學有金溪之學有金華廣漢之學其入德
之門不能無異也朱子果一一皆能集其大成歟
數子之學亦可得而聞其槩歟其間有與朱子鼎
立而爲三者道學列傳或載焉或不載焉其不載
者豈以其學猶有可議歟程子親授太極圖於周
子而朱子釋之義理精微殆無餘蘊金溪於此乃
不能無疑焉何歟易簡支離之論終以不合而今
之學者顧欲強而同之果何所見歟豈樂彼之徑
便而欲陰詆吾朱子之學歟究其用心其與何澹

陳賈輩亦豈大相遠歟甚至筆之簡册公肆詆訾以求售其私見者禮官舉祖宗朝故事燔其書而禁斥之得無不可乎宗正學而不惑於異說求仰副我皇上一道德以同風俗之盛意是所望於爾諸生也幸盡言之無隱

問泰之九二朋亡與包荒並稱洪範五皇極亦以朋淫爲戒聖人之爲世慮深矣甘陵分部牛李爭權漢唐覆轍可爲永鑒夫何宋人不戒甘心蹈之其榜朝論百官士罹斥逐旋復收用猶有可諉者自夫議論主於紹述政事繫於紀元卒之正不勝邪

國事以去不謂之人謀不臧不可也其所以致此者何人而所以主此者何說有可得而言者歟當時豈無錄人之過不宜太深之說乎亦豈無言語文字不可罪人之說乎謀國雖遠言苦不行何歟使能恢九二包荒之量推皇極大受之公則小人自無以投君子之隙君子自有以制小人之變又何黨之足憂哉何諸賢處此不能然也世儒有著論以辯眞僞者矣又因贊五代六臣而反復致意以示戒矣又有續其師之所論者矣彼其同道同心之語固謂君子有朋而嘉禾惡草之喻又謂君

子無黨至謂蔽耳目去善類言尤痛切則其所係
又不止於一時治忽其言果孰然而孰否邪國家
無事之時士大夫未可遽爲朋黨之說一時言之
雖若無甚利害萬一他日或爲奸人之資則雖極
力救之亦已無及於事矣方今聖明在上大小群
臣莫不精白一心以承休德善則相師過則相規
固無朋黨之足慮特以前代君臣得失與凡前賢
議論同異有足爲世鑒者不可以不講也故願與
諸士子論之

擬殿試策問

朕惟自古人君臨御天下必慎厥初而爲其臣者亦未嘗不以慎初之說告之蓋國家之治忽君子小人之進退世道之否泰其機皆繫於此誠不可以不慎也然觀之詩書所載則亦不能無疑焉舜正月上日受終於文祖首察璣衡以齊七政而類禋望徧之並舉觀天變神庶政固在所先矣異時月正元日格於文祖詢四岳闢四門明目達聰且進十二牧而歷咨之豈聽言用人又在所急歟太甲元祀祗見厥祖伊尹明言烈祖之成德以訓於王

是天下之政無大於法祖宗矣高宗恭默思道傳說告之尤惓惓遜志時敏之務典學亦豈容緩歟成王即政周公作無逸舉三宗以勸之惟以畏天愛民爲主訪落一詩乃又以盡下情守家法爲說立政一書又以三宅三俊爲不可忽終之無誤庶獄爲重意固各有在歟抑又有可疑者禹受命於神宗不旋踵會群后誓師征苗康王率循天下大臣進戒首以張皇六師爲言他務未遑顧以兵事先之何歟若乃禹祗承於帝有精一執中之傳湯黜夏命有克綏厥猷之任武王勝殷訪範於箕子

踐阼授丹書於尚父且退而几席觴豆刀劍戸牖莫不有銘則又萬世道學淵源所自未可以尋常政事目之也然則人君愼初之道果孰有外於是歟漢唐宋以來其君臣之間蓋無足與於斯者然一代之治功論議亦不可泯觀夫求端於天之策治審所尚之疏尚德緩刑之書蕩滌煩苛之奏與夫先天要說之十事奉天罪己之一詔元祐修德爲治之十要淳熙謹始自新之十目皆於初政深致意焉其與十漸之慮五始之義三卿序進授策之戒指歸所在其果無大相遠歟夫人事有本末

物理有始終王道之施設固有先後端本所以治
末謹始所以圖終施之宜先則不可以少後皆治
體所關甚大不可以苟焉者何衆說不能以皆一
歟朕奉天明命嗣承祖宗大統臨御以來釐革弊
政委任舊臣凡夫敬天法祖修德勤政求賢納諫
講學窮理節財愛民諸事惟日孜孜次第舉行取
無逸中嘉靖殷邦之一語建號紀元方將體元居
正以求儷美詩書所稱帝王熙明之治特進爾多
士於廷咨以愼初之道爾多士其尚酌古準今稽
經訂史明本末之要審先後之序悉意敷陳用輔

朕維新之治

擬殿試策問

朕惟人君之御天下修內攘外然後可以久安長治古之人有行之者若周成王固其人也觀其四征弗庭歸而董正治官蓋可見矣其所以制治保邦祇勤不遠分職阜民體統相承何其盛也說者謂境內之寇同室之鬭也不先治其鬭室不可得而治其言果得成王爲治之序歟說者又謂文武以天保以上治內采薇以下治外然則成王之治其亦有所本歟厥後亦有用修攘以復古者豈有意於上繩祖武歟嗣周而稱治者曰漢唐宋其間賢

智之君不爲少矣亦有能庶幾於此者乎無也當時制度文爲豈無與古合者考其治效乃大有不同焉何哉豈其建立施爲之間本末輕重固自不能無失歟或曰京師諸夏之根本又曰聖王施德行禮先京師而後諸夏而或又謂治當先內則何以爲京師或曰王者不治夷狄而或又謂天子有道守在四夷又謂內治未修夷狄雖微有足畏或曰王者以四海爲家而或又謂據域中之大可以蓄威昭德其說果相戾歟抑亦有相關者歟朕嗣承祖宗鴻業恪遵先訓敦睦宗盟期其永堅藩屏

之誠顧恩有未洽至勤師徂征始獲奠安宗祉非
天命人心有在何以致此同室之鬬亦旣治之今
正歸於宗周之時也伊欲不弛外攘之備益嚴內
治之修居重馭輕建久安長治之策振紀綱而修
法度明教化以厚風俗賦稅不加而邦計自裕威
武益奮而國勢日彊奸宄潛消夷虜遠遁超漢唐
宋而過之以匹休於周天命人心於焉益有以凝
固於無窮其要安在爾諸士其各稽經據史酌古
準今明本末之序辯輕重之勢悉意敷陳無有所
隱朕將采而行之

右策問擬以正德十六年三月十四日進御其日平明司禮監奏事官齎至豹房宮車已晏駕矣攀髯莫及痛哉

朕惟人君為治之道亦多端矣而孟子之論仁政乃諄諄然獨以省刑罰薄稅斂為言然則治天下之道果無有要於此焉者乎夫刑者聖人不得已而用之者也國家用刑一遵律令輕重有等而於凡情有可疑者未嘗不舍重以就輕審錄有使矜恤有詔朕嘗有意於省刑罰矣而無辜罹法者猶或含冤而莫伸也賦稅以供郊廟之祭祀百官六軍

之俸廩四夷之征伐錫賚皆有不可已者歲有常
數一遇水旱輒下有司務令減省朕嘗有意於薄
稅歛矣而豐年樂歲饑饉流徙者尚多有之此其
咎果安在哉自象刑流宥金贖之制載於虞典其
後夏有禹刑商有官刑至周則有大司寇掌建邦
之三典以五刑糾萬民而五聲八辟三刺之法則
掌於小司寇五禁五戒八成之法則掌於士師又
無一不備其刑罰之密如此而乃比屋可封人人
君子其民俗又何厚也自納總銍秸粟米之制載
於禹貢其役夏后氏五十而貢殷人七十而助至

周則大司徒以土均之法制天下之地征以斂財賦而任土之法掌於載師有園廛之征有近郊之征有遠郊之征有漆林之征雖宅不毛者田不耕者民無職事者亦莫不有征其稅斂之多如此而乃耕食鑿飲家給人足其民生又何阜也漢除秦法約法三章後除肉刑又除誹謗之刑其刑罰省矣漢初田租十五而稅一後或三十而稅一又後乃悉除之其稅斂薄矣何漢之治僅止於漢而終不及虞周之盛歟孟子之言無乃不足信歟人君欲行仁政果將何所據邪漢一再傳禁網寖密吏

緣爲市其刑未嘗省也海內虛耗至於鬻官爵算
舟車榷酒酤而猶國用不給其歛未嘗薄也乃鞭
笞四夷拓地廣土侈然惟日之不足而卒未能如
意然則孟子省刑薄歛可制梃以撻秦楚之言果
不可行歟朕嗣承祖宗鴻業夙夜惓惓思以仁政
治天下用期海內殷富刑措不用如古雍熙泰和
之世誦孟子之言質以前代之事不能無惑故咨
於爾諸士爾諸士博通經史明習世務當必有以
佐朕志悉心以陳毋有所隱朕將采而行之
朕聞自古帝王君臨天下必先定規模而後有以宏

功業行帝道而帝行王道而王未有行其道而不著其效者唐虞三代之君天德全而王道備功業所極博厚配地高明配天巍然煥然卓乎不可尚已其所以致天德之全極王道之備功夫次第施爲本末具載於經有可得而言者乎三代而下享國長久者莫有過於漢唐宋漢有七制唐有三宗宋有四聖之數君者其規模事業雖不能無純駁小大之差然一代法制之善德澤之深皆足以固人心而壽國脉要必有道也不知其於所謂天德王道亦有可以庶幾唐虞三代者乎無也就數君

之中而迹其行事其亦有優劣之可議歟我太祖高皇帝創制立法貽厥孫謀以開不拔之基者典式周詳訓誥備具規模宏遠矣其功業可以比隆唐虞三代者傳之天下萬世如見列聖相承益隆益備朕嗣守丕緒夙夜惓惓求所以全天德備王道如古帝王以無愧於我祖宗臨政願治十有二年於茲志慮雖勤積效尚遠何歟茲欲由朝廷以及天下諸凡舉措無鉅細精粗咸當乎理而得其宜義理明而士習正教化行而民俗美中國奠安四夷賓服諸福之物可致之祥莫不畢至行何道

而可爾諸生積學待問當必有説以處此其悉意以陳無泛無畧朕將親覽焉

隨筆

詩誤傳作者姓名

世傳七言絕句詩曰周公恐懼流言後王莽謙恭未簒時向使當年身便死一生眞僞復誰知皆謂爲王介甫作及觀瀛奎律髓三十九卷消遣類所選白樂天五七言律詩十一首此詩在焉乃知爲樂天詩非介甫詩也題云放言仍有前四句云贈君一法決狐疑不用鑽龜與祝蓍試玉要燒三日滿辯材須待七年期樂天詩文集梓行於世者亦載此詩與瀛奎律髓所選字句無不同者而世俗所傳有數字不同後

俗作日未篡俗作下上向俗作假一生俗作終身復
俗作有劉文安公呆齋續稿程篁墩所編詠史絕句
亦皆以此詩爲王介甫所作詠史又以眞爲忠蓋皆
出傳聞之誤抑或介甫平日喜樂天此詩去其前四
句更定數字如世俗所傳常諷誦之亦或書之簡册
故流傳至今遂誤以爲其所作歟未可知也

俗語有所本

吾州人謂人語言濡滯不决者爲絮猶絮之彖耦牽連也語雖俗亦有所自韓魏公富鄭公同在政府偶有一事富公疑之久而不决韓謂富曰公又絮富變色曰絮是何言也劉夷督嘗用此語爲如夢令詞其末云休絮休絮我自明朝歸去

辭

美人辭三首

美人來兮駸駸蹇誰留兮寒江潯風蕭蕭兮天末木葉落兮前林登高臺兮騁予目期美人兮論衷曲魚胡躍兮江皐獸胡走兮山麓山有獸兮水有魚美人不來兮誰與娛駕桂櫂兮鼓蘭橈泝洪流兮亂奔潮媒無勞兮心同交不疎兮恩愛濃倘所懷兮見察縱歲晏兮寧爇中

今日何日兮風和景明今夕何夕兮得見友朋慼今思昔兮涕泗沾纓少壯幾時兮老大相仍矢言交好

兮終此生

薰風兮雨霏霏碧雲藹藹兮燕雙飛庭有樹兮樹有花思美人兮空嘆嗟拂塵掃石兮鼓素琴調高絃絕兮誰知音美人不見兮令我傷心我欲鑄之兮囊無黃金矢勉旃兮初志不移雖茫茫不可尋兮抑何悲

迎神辭

采蘋蘋兮澗之湄桂酒薦兮清瀰瀰坎擊鼓兮舞羽葳蕤神來降兮此祠風爲馬兮雲爲旗從雷吏兮導雨師虯龍擁護兮鸞鶴隨江山鮮易兮草木披神如在兮慰我思

送神辭

華鐙錯兮燭天光椒蘭爇兮藹清香紛進拜兮高堂神不少留兮我心傷今將歸兮何方馭風雲兮覽八荒水溶溶兮山蒼蒼神朝出遊兮暮回翔祀事孔明兮歲有常神之德兮疇能忘

湘雲辭

雲慘慘兮湘江陰返照沒兮風滿林鴻冥冥兮幾千仞悵弋人兮杳難尋

補遺

瓊臺詩話序

歲戊戌晃來京師拜瓊臺先生於館下懇求學焉辱先生念先父之舊不以晃爲不肖而棄之俾占藉爲弟子循循教誨以性命道德之懿文章學問之要政治理亂之端修爲涵養之方委曲指示務欲晃大有所造詣而後已晃雖不肖何其幸歟又三年辛丑會試不利將南歸省母因慮平日之所聞久則不能無遺忘也著爲詩話二卷總若干則凡先生之鄉人暨當世之士大夫談論有及於此者晃或聞亦謹錄於

其間竊惟冕之所聞於先生者非止一端當日尙當大有所論著以爲一書如程朱門人之錄其師說者然然未敢必其能成否也謹書以俟倘遂此志則甚幸幸甚矣是書所論著者止於詩詞故謂之詩話云觀者幸勿日小兒強作解事者是歲端陽日學生蔣冕自序

又瓊臺詩話序

瓊臺先生執事晃竊聞孔門諸子於夫子之容色言動無不謹書而備録之以貽後世鄉黨諸篇所載是已至於近代若程朱之門人亦嘗録其師說以爲遺書語類諸編今世後生小子得以讀其書於千百載之下而想見其師弟子之誼於千百載之上豈非幸歟嘅夫聖賢旣没道晦言湮師弟子之誼苟且決裂於天下非一日矣或爲陳相或爲逢蒙忍心害義至於如此先生所以深爲之惜而致意於晃者也晃以故曠定省廢甘旨三四年間居逆旅中干干然怡怡

然如食大庖之珍羞如飲大官之醇酎如獲黃鐘大呂商鼎夏彝人不吾識而吾獨有以自樂者此也冕之見知於先生者如此豈不謂之幸哉雖然先生之致意於冕者非師冕也蓋將欲冕任其遠者大者如古之所謂三不朽者豈止於拘拘弊弊如一庸衆人而已哉是以妄不自料每欲竊取孔門諸子之意做程朱之門人凡平日耳聆先生之言目覩先生之行足以傳遠貽後者著爲一書使後之觀其書者知我師弟子之誼焉雖人品之高下造道之淺深歷時之近遠不能不異然師弟子之誼千百載之下者固無

以異於千百載之上也然而性質蠢愚兼以氣體尫羸不能觸類而長有所奮發是以雖聞見於先生者不爲不多而心則不能以盡識也況又方且留意於章句對偶之文以求知於主司以求合於繩墨以求獲升斗之祿是以雖有此志而不能以遽遂焉今既不售援例畢姻得以還鄉省母此心之樂殆不減於前日時繼仲夏坐逆旅中偶記憶先生之詩輒朗唫數過或景觸於目而意融於心卽伸紙揮毫論著數篇一月之間積成一帙總若干則分爲二卷題曰瓊臺先生詩話嗟乎先生之所以致意於晃晃之所以

感知於先生者豈止詩云乎哉故嘗欲以獻之左右而未敢也今行車既駕將自北之南獲侍左右者不數日矣故敢稽首百拜以獻焉其中所論著者未知是否惟有以教之幸甚

竹塘宗譜序

言氏族者必溯其所自出之祖猶樹必托根於土根深則枝葉自茂水必發源於山源遠則流澤孔長吾宗蔣氏發源於周公第三子期思侯伯齡蓋周公夾輔成王有大勳於王室故特隆其報七子皆列爲徹侯載在春秋左氏具有明文地在弋陽期思縣與弦黃二國鄰東遷以後爲强藩所併吞期思之苗裔不忘其祖所受封之地因繫姓爲蔣蔣之得姓受氏實昉於此嗣是以後代有聞人東漢時大將軍橫從光武討赤眉有功封九江逡遒侯後因司隸羌路之譖

賜死九子佌離竄亂八子渡江居金陵帝尋因童謠覺悟覆羗路之族而錄遠道侯之子使各隨地受封於是有九侯之名而氏族之盛遂顯著於東南我遠祖耀公行四字正禮封鎮湖侯子孫散居舂陵營道爲零陵枝數傳後蜀漢宰輔大司馬安陽侯琬爲零陵湘鄉人宋寧宗時其苗裔諱義瑞字智祥由石龍潭遷居竹塘迄今蓋十有二世矣裔孫諱時登成化癸卯賢書任湖廣平江令季弟曙宏治壬子舉於鄉丙辰成進士嘉靖四年乙酉以工部侍郎致政歸作本宗譜成屬序於余余維譜法與宗法相維繫秦漢

以前時尙宗法魏晉以還人矜門第而譜法始重然宗法雖廢而水源木本奕世猶秩然不紊者端賴譜法之傳而仁人孝子尤不可不亟講者也竹塘公之作斯譜溯淵源昭世系光昭前代佑啟後人讀斯譜者孝弟之心油然而生忠君之念亦由此而篤作孝作忠皆於譜焉豫之其裨益豈淺鮮哉余故樂爲之序

重刻蔣文定公湘皐集卷之三十二終

一園俞當藹校字

湘皋集
卷卅三至卅六

重刻蔣文定公湘臯集卷之三十三

清湘後學俞姪舉重編

闔邑紳士　同刊

詩集

五言古

胡致堂先生流寓吾全歲月景仰不已遂形於詩有序載文集中不贅

大賢經歷處草木有輝光偉然千載士况爲吾致堂任重且道遠抑陰更扶陽危言數十上惓惓爲三綱忠直不少徇遠謫甘炎荒中年奉父命省家來清湘

曾遊漱玉洞一飲累數觴酒半逸興多揮毫掃琳琅
至今木天上遺書尚秘藏手抄還口誦熟篇見羹墻
翹首仰名德寤寐耿不忘何當奉公神俎豆臨郡庠

送焦亞卿先生奉使宗藩兼便道過家焚黄

肅肅奉皇命駕言往藩方朱衣炫朝暾玉節明秋霜
從容使事畢晝錦過故鄉貤封及三代邱原賁龍章
林巒改顏色草木增輝光父老携兒童爭觀塡道旁
問公何以然渥恩異尋常公本清廟器譽望傾班行
明時典邦禮淳風還虞唐聖心夙簡在寵數且未央
四牡蚤還朝鈞衡進巖廊

松鶴圖壽朱懋忠狀元父湖廣憲副天章

老鶴巢古松，閱歲知幾千。松古節愈勁，鶴老骨益堅。
愛此松鶴姿，寫入丹青裏。再拜祝親年，願與松鶴比。
一曲鶴南飛，行臺楚江皐。不須尋赤松，此心自陶陶。
燕山望楚江，南北數千里。豸繡映龍頭，君家賢父子。

送徐中書頒詔南都兼便道還宜興

清寧有大母，奄棄天下養。聖心哀不勝，未忍忘一餉。
美謚極尊崇，撰之任媲上。降詔諭寰區，天語益悽愴。
君輩十數人，各各有所向。君應向何地，侵曉離仙仗。
長江繞留都，綠波溢新漲。便道過荊溪，輕舠聊蕩漾。

顧瞻先公塋松楸列屏障豐碑數千言一讀輒惆悵
徐徐里門入萊衣故無恙翁媼坐高堂跪膝語官况
王程詎敢愆私情亦云暢借問君此行何異千金貺
辭朝暑漸生歸闕寒初釀莫遣聯銜人頻到都門望

洮水名縣最先補遺

零陵置郡初洮陽已爲縣自漢至隋唐湘源名始見
湘本大於洮洮源深流亦遠洮非用武地名豈得先顯
物固貴有遺鉅細無深辨

七言古

秋夜長

秋空垂玉露風拂簷前樹相思寒夜長脈脈多愁緒
含情下錦機拭淚滴羅衣堪嘆舊歡如夢過夜深無
語掩重扉

擊梧桐樹

梧桐春暖新枝長君王擊樹歡相賞海棠睡起帶餘
醒舉杯共醉沉香亭誰知禍起衾裯側錦襁小兒是
強敵漁陽鞨鼓響如雷一朝樂地成蒿萊曲江已去
寧復得始信胡雛能覆國可憐羅襪埋香塵烏啼花
落增酸辛乃知世事不長好歡笑能令作煩惱翠華
萬里復歸來馬嵬山下空悲哀

西溪漁樂

溪水清可愛溪魚肥可羨縱教烟雨濕簑衣不得溪魚不歸去得魚換酒亦不惡世間誰似漁家樂收綸舉盞坐溪頭細數波間幾點鷗謾道溪鷗閒似我我閒又樂閒較可

南山樵隱

我從城市來入山事樵採十年城市幾滄桑惟有青山長不改山頭白石堪礪斧斧聲丁丁朝又暮今古功名爨下薪棊才一着柯成塵我斫青山誓終老富貴浮雲何足道

驅馬黃金臺

客從江南來驅馬黃金臺傷心臺下青青草一夜西風變枯槁壯士悲歌易水傍防身有劍飛秋霜此心誓掃豺狼跡草間狐兎誰能覓

壽王通政母八十

君寵日益異母壽日益高千載不偶事一旦欣相遭眼底誰能兼此樂銀臺貴客江東豪京邸榮祿養恩如祥風翙中使傳宣頒紫誥翟冠金帶猩紅袍七月六日好天氣壽堂簫鼓諧雲璈金縷新聲度隴笛銀絲細膾封鸞刀五侯七貴競趨賀玳筵再拜傾香醪

騷人墨客各獻技長篇短詠爭揮毫白日欲下不肯下直待繼晷焚蘭膏清歌妙舞歡不足宫壺漏水方滔滔滄桑不省在塵世輸公此樂長堅牢人間真見西王母瑶池何必餐蟠桃

壽萱堂

萱花香萱葉芳宜男男已宜忘憂憂總忘白頭慈母顔如玉日夕對萱看不足歲歲年年增壽考回首萱花長不老

清江捕魚圖詩

漁翁獨愛清江美孤棹横斜烟雨裡一聲欸乃隔江

聞舉網得魚滿筐筥老妻報道茅柴香烹魚篘酒邀
客嘗酒酣睡熟喚不醒但見滿江風露天茫茫畫工
曾向江頭見幾度臨流深歎羨歸來揮筆爲寫眞畫
邪景邪皆莫辨客從何處得此圖壁間彷彿成江湖
對圖撫景增長吁臨淵何必空羨魚

畫馬

天閑駿褭誰能畫何處丹青有曹霸此圖五馬儘精
神擬以前人亦其亞綠楊陰裏溪流清洗罷相看如
有情霧鬣烟鬃齊振迅斯須滿地長風生駿骨神奇
有如此信哉一日能千里太平時世無烽塵飽食安

眠如畫裏

四皓對奕圖

商山山中多紫芝長年採擷聊充饑白雲深處且高卧醒來還對石上碁戔戔束帛來何所笑向長安揖高祖儲皇不易漢鼎安竹帛芳名照千古拂衣歸去舊巖扃飛鴻天外仍冥冥松桂清陰今在否世人誰解入丹青

黃編修才伯奉使判湖便道省迎其母

黃金臺上說羊城紅梅嶺外孤雲橫天空海闊書難寄春去秋來歲屢更出入金門登玉署光祿珍羞頻

厭飫肯將一日換三公極目南天屢延竚奉使身乘楚水槎煌煌晝錦明朝霞瓊巵滿酌長生酒笑對堂前萱草花南北誰云天萬里江山到處平如砥板輿迎養便貤恩眼看紫誥鸞回紙

李憲副南臺馳慶圖詩

豸繡幾家曾四世隴西李氏誰能儷況是椿萱具慶時鸞箋同日來丹陛親在闕中身在吳萊衣雖好倩誰娛都將北闕貤封意寫作南臺獻壽圖

送項德懋丞長洲專管水利

故人别我長洲去離觴已盡仍延竚欲别不别難爲

情岐路蕭蕭斑馬鳴矮屋長材君莫怨錐處囊中未
隨見一官到處可哦松何況長洲天下雄君是深翁
門下士經術自能文吏事不見蘇湖治事齋兵農元
與水利偕單鍔奇謀知滿腹安得東坡無薦牘何時
推轂早重來與君還對燕山杯

壽蔡都尉母七十

秦臺貴客中都蔡早以才賢帝歸妹堂前有母七十
齡芝眉鮐背雙瞳青玉笙聲中舞仙鳳勅錦備承御
香送膝下稱觴有帝姑恪遵婦道今古無我聞咸平
萬壽李當時奉親僅如此聖明在御隆親親主家恩

數厚且頻泌水園亭誰復羡平陽歌舞徒紛艶惟忠
與孝當勉旃與國同榮千萬年內厨日送黃封酒歲
歲升堂祝眉壽

代壽克温祖夫人

君家大姥壽且康紅顔綠鬢雙瞳方作嬪天上粉署
郎廿年通籍登明光天家雨露何汪洋璽書五色雙
鸞翔翟冠霞帔明月璫鳳雛引領鳴朝陽雛生小雛
光異常胷臆羽翮皆文章綵衣拜舞齊稱觴融融和
氣溢晝堂婺星昨夜揚光芒羲和御日升扶桑三千
朱履塡門墻嶧桐湘竹諧宫商華筵綺席羅鮮芳饑

餐蟠桃渴瓊漿花前扶鳩笑語香年年歡樂殊未央
從今鶴算那可量南山萬仞同蒼蒼

洮水行 補遺

英徒破走長沙國吳臣誆誘亡奔越漢軍追擊至湘
中布兵大破洮南北史記高皇十二年特書本紀司
馬遷漢將不因來此勝區區洮水名誰傳後來武帝
建吾邑遂以洮陽定疆域由漢相沿直至隋閱歷年
華幾千百洮水東流營水西九疑山與楚雲齊咫尺
春陵路非遠尋源我欲遡瀌溪

五言律

薄暮

薄暮長安道風塵滿素衣每朋因久出坐話偶遲歸
紅日銜山落烏鴉繞樹飛舉頭雲漢濶星月已揚輝

送醫官南歸二首

南國家聲舊東垣世業深百年醫國手一點活人心
橘實青垂井杏花紅滿林承恩歸故里匹馬去駸駸
相送都門路長亭夕照紅功名江海外離別酒杯中
劍氣冲層漢車塵逐好風藥囊須點檢隨處拾芎藭

隱人山居

幽人謝塵俗結屋大江潯流水閒中意浮雲物外心

鳥啼山閣靜花積草堂深閴閴風清夜時聞琴瑟音

久客

久客懷鄉土登樓望遠空鴈歸知歲暮花發喜春融
故國青天外皇都紫氣中笑渠幽憤者何事哭途窮

題畫

浩浩通津水茫茫遠接天烟光洲渚外秋色鴈行邊
孤棹橫江渡群山與岸連有人沙背立應是待來船

送潘以正憲副赴陝西固原兵備

攬轡詢遺跡山河百二雄金湯連徼外兵甲滿胷中
九譯氈裘至諸蕃職貢通不須勤魏絳虎豹納綨紓

河隴諸都護壺漿候馬前氊車齊欵塞玉節正臨邊
豕對氍毹月驄嘶苜蓿煙匈奴斷右臂還憶漢張騫

送吳克温學士乃姪歸宜興二首

譜諜傳宗子烝嘗敢廢時暫來瞻爾叔仍去主先祠
喬木東西宅新秧遠近陂沙鷗應望久歸棹莫教遲
來依竹林住争望雲山歸五湖烟水夢一篠薜蘿衣
酒到心先醉詩成筆倦揮何時陽羨路新訪釣魚磯

送劉憲副赴福建

驄馬紫絲轠驕嘶出帝鄉綸音明曉日憲節厲秋霜
問瘼勤咨度觀風慎激揚八閩人總喜重見漢蘇章

瓊臺老先生幼子初出就外傅

老蚌含光彩明珠掌上生丰神隨日異言語得人驚黄卷供新玩青雲奮遠程一經能趾美君莫少元成

送董亞卿先生赴任南都二首

北扆馳譽久南省沐恩隆禮樂光華日江山秀麗中風雲千載遇雨露兩京同皁蓋團清影應憐逐軟紅

先生南國去懷抱獨欣欣不聽趨朝鼓多爲應世文鄉人時屢晤家信月頻聞未許專兹樂還來佐放勳

春日讀書

故國別來久懷歸未得歸身長隨夢到事每與心違

道路猶荆棘山林自蕨薇湘江春雨裏花木又芳菲

久旱得雨庭前花鳥亦欣欣然有自得之意 癸酉五月

狂風何太惡滿目盡飛埃雨是昨宵下花從今日開病軀全却藥喜極欲銜杯鳥雀喧庭樹知渠亦快哉

送林御史巡按雲南

萬里獨澄清咨詢體聖情鷹鸇聊擊搏狐兔敢縱横凛凛青驄去煌煌玉節明知君風采别能使遠人驚

送劉可大歸省

十年官翰苑兩度得歸榮聖世龍頭貴高堂鶴髮生

廄屨千里恨烏鳥百年情我久同茲夢臨分感愧并

聖恩寛予告歸去越王臺但慰倚門望休論鼓缶哀

豹藏資霧澤鵬息待風培他日期調鼎多儲過嶺梅

挽鄒忠公後裔

平生敦道誼端不忝忠公身亦居今世心誠有古風

烟波遺舊舫雲幢闕元宮何處來徐孺生芻夕照中

送人下第歸荊楚

荊璆雖刖足驥馬本空群衡斗非無劍凌雲亦有文

歸帆風正飽祖席酒微醺十二河汾策重來獻聖君

送寧都訓導海瓊韓世遠赴任世遠魏國忠獻公六世孫

江廣隔橫浦中間只片雲鄉閭人踵至音問月頻聞宦況絳紗帳家聲晝錦文門墻時雨過桃李自繽紛

送徐伯川調令邵陽

邑小經兵後山田半廢耕瘡痍猶未復逋欠不須征柳外仙鳬下花邊乳雉鳴巖廊應借逕誰忍負平生

三載官畿甸芳聲遠近揚自甘遷僻邑爲喜便高堂山水堪乘興才華本擅場公餘無一事隨筆寫琳瑯

送方文聨省父歸柳州

萬里頻懸夢高堂九十翁養能榮一日官不換三公衣舞花前彩門迎柳外驄平反多少獄一笑醉春風

借問龍城路何人驄馬歸靈椿榮壽域宮錦製春衣
事爲緋邦重恩添草木輝移忠應有訓莫戀故山薇

客至兄長梅軒翁所口占

偶爾不速客相將次第來呼童陳小酌隨意舉深杯
風色雖微冷梅花却盛開我方身卧病想像亦悠哉

漫筆次陳宋卿主客韵

種竹微成逕人呼蔣詡家漁樵爲老伴鋤畚是生涯
衰甚身常病年荒事可嗟朝來讀南史感慨宋元嘉

次屠進士喜晴韵兼以贈之二首

春來無好況山水罷登臨邨巷朝朝雨巖巒處處陰

今晨開小牖晴旭照前林萬里青霄上雲無半點侵

卧病茅簷下多君數見臨馬曾空塞北鶴正唳墻陰竹葉清浮斝梅花香滿林平生氷雪操塵土可能侵

閒步小園次前韵

屋後園亭僻乘閒輒自臨看山聊當畫種樹久成陰高下蔬千本稀疎竹一林盆池有拳石蝸蝕蘚還侵

漫興再次前韵

年光如水逝春去夏將臨煙浪三江渺晴嵐一徑陰身雖處城市性本愛山林鏡裏雙蓬鬢朝來雪半侵

少知慕學老益無得孤枕睡醒惕然有警用前

韻自勵

朝夕惺惺地端如上帝臨木常防寸蠹日每愛分陰
夜靜天連水雲開月在林靈臺本無物何物却來侵

送方載道北上 有序

新會縣尹同郡方策載道以外艱服闋北上京師過予湘源載道予主試禮部所取士也相知最深知之深故期之遠因詩以道意

仙棹艤清湘連朝訪草堂愛君人似玉顧我鬢如霜
燒筍供麤飯篝燈續短章江橋分手處煙樹晚蒼蒼
花縣名方起椿庭養已違幾年居堊室此日覲彤闈

操欲堅冰檗心寧改布韋他時勳績樹科目有光輝

雜賦

我愛鷄如鳳人驚鹿作狼煙塵方擾擾秔稌正穰穰
病久嫌秋熱愁多苦夜長江湖懷往事夢寐詎能忘

雪洲

愛此芳洲好分明玉一泓林巒藏勝境魚鳥結幽盟
流水閒中趣浮雲物外情隨緣聊自適誰謂薄簪纓

予卧病瀟湘圭峰羅先生姻婭王憲累以先生命來訪於其南歸也二詩送之

圭峰爾姻丈曾說爾多才青鏡憐催鬢黃金未築臺

北遊聊溷賈南去且銜盃家世衣冠在蜚英自有媒
曾推屋烏愛來問病維摩白璧新知少青山故國多
鄉心燕市酒秋色楚江波舊業臨盱水春風長薜蘿

喜雨 有序

今歲五月上以久旱不雨爲憂降勑引咎戒
諭臣工共圖燮理出宮人審冤抑赦小過郤
貢獻戒奢僭用憫戎伍災傷奄人之隷尺
籍者輕懲之官民馬之倒死者寬恤之一時
臣民歡欣歌舞咸舉手加額謂湯禱桑林以
六事自責亦不過此於是雨隨勑降遠近浹

洽天心感孚捷於影響不勝欣忭謹賦詩
二首以志喜云
九重深憫旱一念與天通温詔十行下甘霖四野同
三農歌帝力萬口慶年豐日食大官饌寧知燮理功
盾日嗟何虐商霖喜及時萬民不失望三日恰如期
上下憂勤切天人感應隨秋成端可卜豫作慶豐詩

上林春色
三月晝愔愔春光滿上林翠浮龍闕近紅入鳳池深
柳露窺人眼葵傾向日心萬幾多暇豫腰輦日登臨
春從天上至偏向禁林多綠遍瀛洲草紅連太液波

香風藹靈圃佳氣繞鑾坡微雨清馳道應期鳳輦過

送鄉人赴南平校官

得祿不辭遠高堂親白頭古今毛義檄江海李膺舟道學接濂洛劍光橫斗牛延平祠下拜冰月玉壺秋其人與鄉宦同舟南歸

挽海南王醫士

與藥不書券心常笑宋清義能行古道名不愧鄉評橘井悲風起杏林寒雨鳴隻鷄誰絮酒滄海隔崖瓊

寬齋二首

俯仰全無礙中心自坦然行藏隨素分得失付蒼天

身外物皆我閒中日似年誰言天地窄寸步不能前

鼎鼎百年内悠悠天地間吾生聊自得塵事不相關

俛仰乾坤大逍遥歲月閒一區方寸地日月任循環

送人南歸

雲外鴈南翔凉飈透客裳心隨天共遠興與路俱長

壯士輕千里男兒志四方歸途多勝槩到處且徜徉

雨後郊行

舍北種畬田籬東響暗泉春光千樹柳野色一犁煙

舊事隨流水閒愁托杜鵑吾生老農圃遇酒便陶然

杏花開幾樹一雨遍東臯柳外蛙爭鬧秧邊草半薅

水生泉漲豚田墾土流膏朗誦歸來詠閒吟擬和陶

重刻蔣文定公湘皋集卷之三十三終

一園俞當藹校字

重刻蔣文定公湘皐集卷之三十四

清湘後學俞廷舉重編

闔邑紳士　同刊

七言律詩

戒諭諸王應制

共是高皇一氣分千支萬派總同源皮毛痛癢關心膂枝葉敷榮庇本根祖訓宗盟垂永戒聖經賢傳有嘉言細研廣廈多清暇好與忠良日討論

煌煌朱芾作藩臣忠孝從來可立身尊祖敬宗綿國祀清心儉用恤王民起居莫遣由非禮出入先須遵

倭人願與宗盟同警省皇圖永保萬年春

書懷

前年隨計上金臺旅食如今尚未回閒館謾嗟無客至故鄉長喜有書來樗材欲效當時用葵藿常思向日開冬避陽生纔一月蟄龍終夜望新雷

永思卷

椿萱零落十年期旦夕音容入夢思風木蕭蕭無限意雲天慘慘不勝悲論詩每憶趨庭日丸藥常懷和膽時最是秋霜與春雨年年長使淚空垂

和李翰林題劉吏部溪山圖詩韻

金碧溪山翠作林茅齋瀟洒百年心庭前鳴鶴趨迎
客水面游魚出聽琴白石清泉同谷口茂林修竹似
山陰扙圖彷彿如曾見頗覺良工用意深

龍淵書亭

龍淵地僻隔紅塵搆得茅亭傍水濱滿架詩書千古
意一簾風日四時春遊魚慣見渾相識飛鳥時來不
避人應似山陰多勝景茂林修竹共清新

春日感懷

朝暮行衝馬首塵片時歸夢隔人眉頭愁滿長搭
醉眼底春濃不稱貧無那三年連哭子可能萬里不

思親一杯黃土城南路莊缶聲殘淚滿巾

憶母

門倚湘江鶴髮生東風幾度歲華更白雲影切河陽望黃耳書同洛下情萬里羈懷春更惡幾宵客枕夢頻驚夜來步月庭前立愁聽雛烏繞樹聲

送會學士往南京二首

鰲峯高與鳳臺爭似洛青山滿眼橫晴日薰爐詩思好暑風竹簟夢魂清十年讖應龍洲瑞一舉名魁虎榜英共待咨詢到黃髮肯將温飽負平生

錦錫盤鵰拜御前圖書萬卷載吳船江山最愛南都

好霄漢長瞻北斗懸夜靜爇光消竹汗晝長日影上
花磚一鞭春色秦淮路到處人爭看老仙

憶亡妻

鴈聲隨雨到愁邊萬事無心只醉眠白璧一朝煨烈
火青春千古閟窮泉飛花片片寒雲外宿草離離野
寺前回首舊歡如夢過風光滿眼獨潸然

題黃隱士別業

踈竹編門草覆墻數椽茅屋海中央雲棲簷下軒窓
潤風過花間枕簟香嵐氣入簾晴亦暝潮聲當戶暑
偏凉誰言身外渾無事詩思撩人也覺忙

元夕應制

百尺鰲峯傍綵棚芙蓉煙煖柳風輕雪迎淑氣全消凍月避燈花半減明車馬滿街無夜禁笙歌隨處起春聲太平有象眞堪畫只恐丹青畫不成

四海春風共一家韶光先到上林花星橋曲曲通銀漢火樹叢叢結彩霞佳氣煖浮雙鳳闕瑞煙晴護六龍車繁華不作揚州夢一曲昇平月未斜

聖主南郊大祀還宮中今夕壽慈顏金蓮焰吐雙龍闕火樹光騰萬歲山馥馥異香飄仗外遲遲清漏出花間恩波何幸沾臣下特許諸司十日閒

春色重重鋪繡圍蓬萊宮闕夜生輝月移雉扇開黃道花簇鰲峯近紫微韶樂引將威鳳舞慶雲環向袞龍飛君王莫惜今宵醉明日憂勤有萬幾

送顧德成還雲南

郭隗臺前曉日明省親遊子出神京十年離別三杯酒萬里關山幾月程去路暫看鄉邑近到家又覺歲華更清朝有待登華要莫向山林老此生

挽霍義士其人卒時年四十六

聞道家居近太行江湖遊覽幾星霜丹山碧水行蹤遠翠竹黃花逸興長世上真同駒過隙夢中忽見井

生桑不堪萬里哀歌切撼撼悲風起白楊

挽姜氏母

六十高年母道尊壼儀家教死猶存課書尚有新和膽斷織空餘舊剪痕婺女星沈秋月黑宜男花老暮雲昏揮毫欲寫慈賢傳往事凄凉不忍論

接武堂

曾見而翁作廣文年來又見歷清塵河汾事業傳先世洙泗淵源啟後人共道青雲能接武誰言絳帳獨長貧門墻桃李知多少長養如今正及辰

送趙宏濟往南廱

初辭北闕往南廱潞水揚帆趁曉風鱗羽往來千里共鳶魚飛躍兩京同春城摩士沾衣黒秋水芙蓉照眼紅別後相期須努力文場重與策奇功

送朱貢士南還

歸去依然舊布袍姓名新喜注銓曹三年又遂娛親願此別寧辭去路勞落日雲邊孤鴈遠薰風江上一帆高明廷事業熙千載共待承恩接俊髦

送鄉人赴官

賓館頻君屢過臨常時爇茗話鄉音彤庭拜命人皆羨烏帽籠頭雪未侵仕路關山千里遠帝城宮闕五

雲深相逢未久還相別聊爲揮毫一短吟

送同郡唐縣丞

喜承恩命佐雙鳧匹馬匆匆出帝都仕路休嗟千里別宦游寧爲一身圖天垂碧海鯨波遠雪滿遥空鴈影孤爲問同寅賢令尹到官安穩有書無

慶壽圖壽蔡侍臣母

家居瓊海近蓬壺婺女呈祥入畫圖雲擁紫鸞來阿母書傳青鳥見麻姑金盤進饌封麟脯綵服承歡舞鳳雛欲作新詩祝遐算寸心遥與白雲俱

送人歸陝西

早有清名動縉紳幾年塲屋滞劉蕡到來天上瞻文物歸去山中究典墳華嶽雨晴看斷鴈泰關日暮望飛雲故鄉見說逢荒歲滿路嗷嗷可忍聞

挽周原德乃尊

都城鄰住眼偏青一別那知隔死生遠道西風歸旅櫬故山寒雨濕銘旌離筵猶記驪駒曲客路俄傳薤露聲漬酒無由澆宿草傷心惟有淚沾纓

送唐生往南監

落落青衫氣吐虹故家烏府舊乘驄遠來析木天津地旅試長楊鹵簿中家信一春緘赤鯉鄉心千里逐

征鴻南鴈此去逢秋試月桂飄香照眼紅

挽瓊南林貢士父

海雲慘淡少微昏閭里年來失逵尊蓮社勝遊遺跡在麥舟高誼薄夫敦令威未返遼東鶴宋玉難招地下魂欲作瓊南名士傳淒涼往事不堪論

送同年萬世和榮歸

春風同日宴瓊林君獨榮歸慨此心畫舫烟波飛六鷁錦囊珠玉重千金天閑暫縱空群馬御苑繇分喚友禽嶺表班行何落落相留無計但沉吟

同寅吳克温書齋中竹

先生淡無一物好獨取君子羅中庭相期交契到頭白有待功名照汗青阿閣鳳棲冰雪老曲江龍蛻水雲腥入分書獨中郎古截管何時寫石經

送侍讀董先生使朝鮮

詞林仙客錦宮袍四牡馳驅不憚勞玉筍暫分鵷鷺羽丹山爭覩鳳凰毛三韓景物供詩酒千里風雲擁節旄絕域幾迴占象緯文星光並使星高

又代作

使節煌煌東海潯口傳天語下雞林九重鳳閣人如玉五色鸞箋字飾金路入菟元青幛沓江浮鴨綠翠

濤深殊方山水多奇跡取次裁詩愜壯心

送侍講劉先生使安南

聖主龍飛第一春遠頒正朔命儒臣一函鈿札翔鸞
鵠萬里朱鳶識鳳麟玉節曉分蛟室霧賨幢晴拂象
犀塵懸知奎宿臨南土夜夜清光拱北辰

又代作

六龍扶輦上瑤堦一統車書混九垓詔使遠從天上
去册書直到日南開朱衣親仗雕龍節丹檄驚看倚
馬才大筆如椽堪舉鼎盡收風景作詩材

聖王出震坐明堂特遣儒臣下越裳新詔榮頒周典

禮遠人爭覩漢文章九天雨露霑三島一統車書混八荒歸橐不教添一物從來雅操厲氷霜

送吳太史克温歸省

暫輟仙班下赤墀前星光裡璧奎移歸吳非感蓴鱸興送渭應歌玉珮詩秋水芙蕖標格異朝陽鳳鳥羽毛奇一回晝錦一回好兒是封君未老時

江行以下九首宏治乙卯歸省舟過衡山以西作

重疊青山虎兕蹲翠窮涉際是孤村舟中過午風猶熱江上微陰日已昏遶浦漸看鴻影沒中流厭聽櫓聲喧詩成獨倚篷窗詠無數嵐光落酒尊

舟中憶老母

白髮青瞳映壽顏倚門終日望兒還幾朝聽鵲心偏喜一夜聞烏鬢又斑江海舟航逾半歲家園桑梓尚千山高堂早晚稱觴處應把人間此夢閒

酒邊贈按察司官其人在班行時往還素厚

十年塵土夢荆湘此日來過喜欲狂把酒敢云留飲量題詩剛欲嘔心腸草亭池沼長開畫栢府篇章八擅場杖屨趨陪如不厭明朝還與盡清觴

誰人遣我識荆州豪勝元龍百尺樓偉矣高軒臨水次欣然美酒過墻頭何時玉筍班重接此日金蘭氣

最投聲價知公滿人耳古來賢達可同遊

舟遡湘江雜詠

客舟向晚遡湘川滿眼青山鴈影邊碧草寒波雙鷺浴白蘋晴渚一鷗眠磯頭石古迷荒薜浦口帆歸帶暝烟明日衡陽江上路有詩應與故人聯

參差雲樹接長汀千里澄江一鏡明淺渚平沙雙鳥過蒼洲白石亂雲生溪頭野廟經年閉磯畔孤舟盡日横客路不知家遠近且聽雙櫓渡湘聲

久矣歸裝出帝州江山到處儘淹留帆開建業猶隆暑船入湘江又杪秋歲月無情雙短鬢功名終古一

浮漚烏紗斜倚篷窓望羞見溪翁坐釣舟

蒸水停橈日已西青山貪看欲扶藜主翁置酒與非淺好景娛人路不迷秉燭出門當月上煑茶消渴恰鵶啼明朝又是孤舟別聊把詩篇草草題

贈部屬有事於荆湖者

久矣才名動縉紳篇章餘事亦超倫與來珠玉生談笑坐久形骸忘主賓品藻胷中懸水鏡巡遊脚底有陽春三年藩國勞將事蚤見褒書出紫宸

謝方醫者已勝氏姊疾

只將半匕起沉痾杏已成林髩未皤到處有人稱國

手滿腔無日不春和藥居市上價不貳身寄壺中歲
已多賚粥我方鬚半爇感君高義爲君歌

除夕次韻 正德戊寅

朔風凛凛歲將除爆竹聲遲氣自徐栢酒已拋連夕
飲桃符先隔兩宵書舞儺逐疫誰師古設祭酬詩莫
怪渠閲盡氷霜回幾律也知陰慘却陽舒

一葦齋二首

此身天地一虛舟去住無心着處浮歐舫軒窻聊寄
傲米家書畫且藏收半簷竹雪滄洲趣四壁松濤島
嶼秋有力誰能移夜半人間汗漫許同遊

此生飄泊等萍浮一室還成不繫舟風雨不移蘿作
纜烟波無際月垂鈎蓬窗夜靜漁謳杳蘆被春深鶴
夢幽安得因風致雙鯉問渠終忘濟川不

送順德馮尹之任

丹荔黃蕉越海涯綵衣還記舊游時雲霄莫漫誇鳧
舄田野誰憐困繭絲池草幾番勞遠夢嶺梅何處寄
相知平生一寸心如鐵日飲貪泉也不移

送無極縣教諭甘秉節赴任秉節蒼梧人也

家在蒼梧官古燕迢迢親舍嶺雲邊道行絳帳青氊
外夢繞斑衣白髮前遠道寄魚春水隔小窗剔蠹夜

燈懸不知壇杏花間月幾許清吟付彩箋

送夏汝清通判蘇州

東南民力從來盛不識如今可似前耕種未聞閒寸土征輸何故困連年嬰兒待哺方張口倦旅無歸豈息肩要使盤根徵利器好音應向路人傳

送閻允德亞參

誰謂鷹鸇異鳳凰沍寒回首即春陽請看今日薇垣雨便是當年栢府霜野老預能歌召伯路人猶解說蘇章須知館閣儲延久不獨詞華可擅場

送汝陽劉令赴任文煥憲副之兄其祖南雄太

守實素以清德名世

聽徹龍樓百八鐘便紓墨綬向淮東下車先欲求民瘼囓蘗端期有祖風匹馬往來棠樹底雙鳧飛颺柳陰中催科莫笑陽城拙茅屋人家到處窮

林瓊山赴任首欽修葺先師深菴先生塋域詩以送之

南濱奇甸有瓊山自昔名高嶺海間吏治得無今日異人心誰挽古風還牛刀小試應無敵鳧舄高飛詎易攀欲致南豐香一瓣下車先爲掃榛菅

送甘繼修赴藍山令

路出衡南三百里，千巖萬壑是藍山。地貧未覺桑麻
好，賦重偏憐稼穡艱。墨綬銅章新拜命，黄童白叟盡
開顔。窮簷欲遂蒼生樂，事事經心莫放閑。

衡府范伴讀赴任

莫道江都老仲舒，清時聊爾曳長裾。漢廷漫羨東平
樂，魯國仍傳伏勝書。千里夢應歸白下，幾篇詩欲過
黄初。新城桃李知多少，門下時時問起居。

送閣老徐先生歸宜興

早爲霖雨水爲舟，身在中書十二秋。豈謂遽辭黄閣
去，飄然欲伴赤松遊。義高進退身名泰，恩重褒崇禮

數優心似希文長體國江湖多少廟堂憂

次韻寄壽討惟中地官父致仕桃源令

陶令歸田鬢未霜年來堂構益增光青山相對如詩友紫誥初封且省郎綵蟻滿斟稱壽斝綵鵬新製拜恩裳緘書每向兒前說好竭忠勤答聖王

送海南夏進士二首

五年兩見在京畿忽訝麻衣換錦衣百萬人中能穎出九千里外獨榮歸斗牛劍古雙龍躍海嶠天空一鶚飛應詔北來須及早莫教鴒侶久相違

九重春色絢天光阿閣朝陽下鳳凰玉筍曉班瞻日

表瓊林春宴醉霞觴喧騰北闕泥金帖喜動南州晝錦堂遙想海濱鄒魯地風流不數古諸姜東坡謂海南爲海濱鄒魯又子由足東坡送海南進士姜唐佐詩有風流稷下古諸姜之句

次侍讀白先生郊齋詩韻二首

蒼璧黃琮欲禮方聖心一念格三光化調玉燭千年泰歲協金庚百穀穰掃地預能來瑞應秉圭尤恐誤劻勷共思仰助精禋意如駿奔趨敢憚忙

南郊和氣破春寒誓聽彤庭曉漏殘百辟在公三日戒六符呈瑞萬人看杓衡徹夜輝黃幄牲璧中宵奠紫壇豫想燔柴嚴對越遙空香霧散椒蘭

送倪舜薰往南京催督織造兼展先墓

手捧綸音下赤墀畫船搖曳潞河湄江南織貝饒筐篚閭右編氓盡繭絲白晝錦衣榮故里寒雲壠樹慰遐思公家事了私仍遂靡盬寧歌四牡詩

荆茂堂爲鄭舉人作

堂下紫荆誰種汝今年還作去年芳叢生不數唐人竹鄂韡宜歌小雅棠夜月花邊連枕簟春風樹底共壺觴端能百歲長相保更比田家倍有光

分得田家一樹荆何曾憔悴始敷榮乾坤共布栽培德草木應知友愛情擬共塤篪書小雅豈同風雨咨

彭城眼看多少閲墻者撫卷令人嘆恨并

壽陸進士母 二之

前朝玉牒遠傳芳親爲皇家毓俊良人向青雲榮故
里春隨白髮上高堂烏紗問寢星瀕曙綺席開樽雨
露香笑指南山祝遐算歲寒松栢愈蒼蒼

送唐縉大紳赴武宣訓導

憶昔湘城委巷東夜窓曾與一燈同幾年騏驥鹽車
下此日鱷魚泮水中話舊每驚塵鬢改送行寧遣酒
盃空明朝細雨寒江上一幅蒲帆趁北風

漫書示湘山寺僧

扶藜閒扣遠公扉鷲見凌空一錫飛食蜜中邊皆有味在桑信宿已云歸堦前樹古知僧臘天外雲閒識道機未許東林來結社秪緣章句奉經幃

漫筆示湘山僧覺靜

上人久住翠微岑花竹縈紆逕路深皎月寒潭參法偈閒雲枯木識禪心何時洗鉢焚香去爲我扶筇擁鼻吟宦輙如今正羈束且來瀹茗滌塵襟

登清凉寺呈諸翰長先生限韻

過了長江上此山路人說是石頭關平生清興幾今日一代名賢聚此間送夏殘鶯猶欵欵作泥踈雨正

斑斑老僧頗解遊人意不怪高談破我悶

杏林春意

幾枝仙杏繞門前風送花香泛橘泉奕世秘傳非漫爾滿腔生意自油然術良不待肱三折歲杪能收效十全還是嵇康知上藥逢人惟誦養生篇

送薛于岐出宰平陰

長空一鶚入雲高霜落秋清見羽毛指日栢臺簪豸筆暫時花縣試牛刀名登科第馳聲久心在閭閻撫字勞莫怪餞行頻勸酒瓊林曾見醉春醪

送學士石城李公代祀闕里

蓀竹猶能怖魯共不教全壞昔時宫祝融何故無端烈闕里俄歸一炬中墻仍有基烟自冷壁藏無恙火難攻秪應手植庭前檜雨露滋榮萬古通

壽人七十

寄傲烟霞已七旬清閒爭道葛天民玉枝無汙身長健綵服承歡樂最眞松菊一庭堅晩操芝蘭幾樹競芳春壽觴莫厭頻頻飲適意如君有幾人

送克温尊甫先生二首 吳儼字克温宜興人成化丁未進士終南京禮部尚書諡文肅

儒冠羸得鬢絲絲五十觀光到鳳池孝不違親忠在

此子能用世仕何爲虵封有待皇家詔招隱無煩楚
客辭陽羨好山吾素有底須更借買山貲
朝扣天閽暮即還冥鴻深入亂雲間解纓欲濯滄浪
水躡屐先尋陽羨山世事無關何足累人生有子始
能閒道旁莫羨金章貴萊綵猶堪奉壽顏

次韻送克温乃弟二首

鸑鷟追隨老鳳還鴈群聲斷碧雲間塤篪美協前朝
雅橋梓光生故國山春草夢回詩更好夜窓人去榻
常閒一樽酒盡都門暮仗劍羞爲游子顏
出門一笑郎南還劍吐虹光射斗間謝氏風流蘭並

玉蘇家靈秀木成山十年黄卷曾勤苦萬里青雲亦等閒看取九秋霜翮健駕行接武侍天顔

送某公赴陝西提學

儒臣持憲蒞函秦教事勤勞肯憚頻三輔才賢誇此日五經模範得斯人臺萊歌頌應無古桃李門墻正及春還有政行文化外坐看談笑靖胡塵

遊虎邱次韻

豪華自昔説蘇州近郭崖巒此最幽何事玉鳧能故物當時金虎但空邱千人石古經何在萬劍池荒草自秋倚遍危欄更回首晚鴉無數噪枝頭

東吳茫茫水爲州茲地獨擅崖壑幽寒泉古井出煙霧蒼藤翠蔓縈林邱雲容漾漾亘萬頃劍氣凛凛橫千秋欲將風景入圖畫誰是當年顧虎頭

送吳克温學士赴南京翰林院

宮錦盤鵰出御墀文章徧重盛明時江山佳麗傳前古地望清華冠百司夜靜月明歸院晚晝長花影上堦遲經綸老手終當試補袞多藏五色絲

啟沃功多簡聖心青錢高選沐恩深玉堂地位無南北學士聲華重古今自昔文章推館閣幾人榮宦在家林他時調燮知難免且對鍾山自在吟

次大兄梅翁韻

友愛天然豈待盟別來何物不關情新春怕聽歸鴻過薄暮愁看宿靄生夜枕夢賒池草句曉窻吟作候蟲聲聖恩儻許歸田里十月亭前一笑迎

秋風不用結鷗盟姜被連床自繫情枕上幾宵愁鴈過庭前連日看雲生池塘謝氏春來夢風雨彭城夜半聲却憶京西舊遊路僧房寒日馬前迎

送宣溪王公提學雲南

身是玉皇香案吏暫臨南徼看山川瘴消化雨驄過洱斗避文星節駐滇五夜燃藜來太乙幾宵聞樂夢

鈞天等閒咳唾成珠玉金馬山頭石可鐫

送張祐司訓較藝還當塗

經談孔壁士如林翹首龍門望賞音簾內命題秋院靜燈前批卷夜堂深賦驚日色寧迷眼筆想蠶聲獨苦心淡墨榜開輿論愜高名從此重南金

次遂菴先生賞紅梅詩韻二首

帝城安得嶺南枝瘴癘令人渴見之聞道雪晴花發日正逢酒熟客來時西崗不數姑蘇種東閣能吟老杜詩想對聚星堂上月無端春色照金巵

莫問寒雲野水涯禁垣西去路非賒趾隨桃杏開三

月長與松筠聚一家雪後雪前連日詠樹南樹北幾枝花兩雄才力眞堪敵誰把孤山處士誇遂菴原倡乃以東涯翁者

再次賞紅梅詩韻

莫問南枝與北枝衆芳誰敢更先之試評東閣春深日可似西湖月上時花比别來偏有態我從看後尚無詩誰能忘却形骸外直就朱唇沃酒巵

重刻蔣文定公湘皐集卷之三十四終

一圖俞當藹校字

重刻蔣文定公湘皐集卷之三十五

清湘後學俞廷舉重編
闔邑紳士　同刋

七言律詩

遂菴先生邀賞芍藥有詩次韻二首

劉郎漫詫廣陵枝，心眼還輸白傅知。酒熟不妨邀去急，花開長恐看來遲。靈根和鼎眞堪貴，嫩朶翻堦未覺欹。金帶圍邊方選客，有誰能副魏公期。

淡白深紅四五枝，也應笑我不相知。謝公省裏銜杯淺，杜甫闌邊得句遲。細細風來香旋吐，踈踈日轉影

頻歆主人愛玩出常數信是花中鍾子期

次遂菴先生在東川先生左廂賞花聯句詩韻

詩被花催信口成花應欣我賞新晴不知人逐風光好但覺身隨步履輕談塵未容忘世務酒杯何必減功名興來無限山林趣敢謂謀歸是不情

眼看庭院綠陰成燕雀欣然似說晴塵土莫嫌花事晚乾坤誰解世緣輕病來對酒先愁醉興到聯詩每附名莫謂廟堂多樂事江湖萬里正關情

感懷再次前韻

床頭濁酒釀初成隨意杯觴對晚晴松露清便塵鞅

濯柳風凉愛暑衣輕新詩唱就難爲和幽鳥啼來不識名欲向烟霞尋舊隱青山應有故人情

憶故山再次韻二首

看遍花枝句不成闌干徙倚晩霞晴一尊明月開懷飮萬事浮雲過眼輕老去病餘猶戀祿才微身外敢徼名故園松菊猶存否不盡年來寤寐情

從來水到自渠成肯計朝陰與暮晴塵裏膠膠空物役夢中栩栩亦身輕欲呼樵牧爲朋侶莫遣兒童道姓名在處江山容我醉世間何事更留情

次遯菴先生賞蜀葵詩韻

花已開殘異舊時賞心有約却參差檢知故事忙呼酒看到餘芳可惜詩自許孤忠惟日向誰云弱力怯風欹倚闌莫恠頻留戀轉眼炎凉節序移

徙倚闌干縱目時姚黃魏紫或肩差薰風庭院家家錦暑雨簾櫳處處詩蝶粉香邊千朵艷鶯黃聲外一枝欹太陽朝暮東西向在在傾心更不移一作向陽若改生來性便是南山亦可移

滿院葵花競吐時深紅灼灼白差差縱無人賞猶堪晝纔有蜂遊便合詩曉雨未經芳半歛夕陽欲下影全欹主翁坐玩不知厭竟日繩床到處移

聞道端陽一作眼見花開又幾時品量今古漫紛差馬悲漆
室園中難兎憶元都觀裏詩仙態比霞眞不滅芳心
傾日未爲歆花王一作洛陽莫浪誇妖艷清鑒寧隨薄俗
移

初叨賜鰣魚志感

東南嘉味說江鰣當暑分鮮下赤墀貢入爭傳先漕
路篚開猶訝帶冰澌古人多骨空留恨今日新恩合
賦詩一飯可能忘厚報獨慚犬馬力先疲

再次韻答謝遼菴先生

殿前宣喚賜雙鰣八座班高近玉墀五月網船來上

國隔年氷室貯寒澌閩溪通印空增價松浦香蓴漫入詩珍賚一年知幾度拜恩雖屢未云疲

三次賜鰣魚韻

十幅雲帆百尾鰣幸蒙吹拂上彤墀千尋網映三江月幾日氷融萬斛澌賜出往時猶限例（晁前此以侍讀學士例不與賜雖去年叨轉少詹亦以拜官未久不得與云） 恩如今日可無詩文華殿外傳宣罷拜稽渾忘手足疲

與九峰司徒北潭宗伯東川少宰偶會遂菴先生家觴奕甚適醉歸至明日共得詩三首酒半有鼓琴者作出塞曲音甚古雅聞之悠然

因亦爲賦一詩

一室翛然苑樹西高談不覺夕陽低壁間圖畫南山壽（中堂懸嵩岳具瞻圖上有長歌戒軒學士所作）海內聲名北斗齊綠酒清浮春甕蟻玉粳香稱午厨鷄醉來拾得薰風句欲就紅葵葉上題

斯文佳會偶然同四客叨陪一醉翁勝敗儘拋棊局裏是非都付酒杯中欲眠笑我烏紗岸漸老從渠白髮公投轄高情真不淺暮歸猶道苦匆匆

身世膠膠擾擾間紅塵誰解出人寰百年無限三生話一月都來幾日閒不對樽前歌宛宛空教鏡裏鬢

斑斑相逢底用忙歸去且看斜陽燕子還
何處明妃出塞吟畫堂簾幕晝沉沉無邊流水高山
意不盡離鸞別鶴心絶微冰霜寒月暗孤村風雨落
花深鍾期一去今千載誰買黃金鑄賞音

次會款詩韻上遂菴先生

宦轍平生半在西從來豪氣華山低文關治忽多宗
漢史紀安攘或美齊處世每嫌同木鴈趨朝長恐誤
鄰鷄公餘會客開東閣絲粟人材亦品題
憂時心與昔賢同未老從教鬢已翁水鏡一時人望
裏玉堦長日履聲中爐錘隨物皆非我造化無心本

自公談笑幸哉陪杖屨敢云塵事太匆匆
凜然正色廟堂間不獨聲華滿帝寰勳勒鼎彝時共
仰公餘門館晝長閒九霄快覩鳳千仞半歲纔窺豹
一斑末路波頽知已極願公遥挽古風還

次聽明妃曲詩韻

一曲絲桐寄苦吟眼看白日又西沉畫圖不寫春風
淚絃索空傳月夜心杳杳長門魂夢斷茫茫絕域歲
華深逢人欲問塞南事鴻鴈北歸空好音
不盡長吟又短吟可堪鴈杳更魚沉舊恩未斷空懸
夢新愛雖濃却苦心亂雪驚沙羅袖薄黄雲白草塞

垣深丹青不把蛾眉誤那識龍顔淚玉音
驚鴻隨處動哀吟淚灑西風日又沉世路莫悲同失
意人生誰道樂知心漢宮恨不承恩早胡地空教閟
歲深爲盡天涯流落態琵琶千載是知音

朔日早候朝遂菴先生欲飯諸公不果午間因
同過其邸第觴奕盡歡始罷與會者北潭大
宗伯東川少宰礪菴少宗伯及晁賓主共五
人去前會已浹旬矣

一旬兩度笑談同勢分都忘見此翁棊本弟兄誰定
長晁同年諸公棊品誠魯衛之政雖東川平日稍優昨亦不肯自異於衆矣酒逢賢聖且

須中奪標手捷輸希阮用王嗣宗手搏事謂北潭也希阮嗣宗字投轄情
深過孟公不日直廬還有飯候朝短景恐匆匆
同年棋品略相同借問誰堪敵遂翁人衆有時天亦
勝戈揮廻暮日還中夫差自昔輕勾踐項羽從來少
沛公欲作短評評近事是非難定莫匆匆

聽琴再疊前韻

一聽西川擁鼻吟悠然古意未銷沉空山落木三秋
景老鶴孤雲萬里心莊叟漫誇漁父聖伏波終怯武
陵深越裳杳杳猗蘭遠空谷能無感足音

次東川韻壽封通政羅先生

襟韻悠然與古鄰門墻桃李半朝紳常途自昔淹韓愈和氣平生慕伯淳膝下鳳雛方並顯海邊鷗侶正相親幾函天上迴鸞誥贏得皇恩歲歲新

陪祀陵園畢夜歸昌平小憩東梅軒少宗伯

寢園春祀禮初成乘月歸來信馬行亂石寒流纔數里荒城殘漏已三更片時僧舍還鄉夢滿路山禽與客聲風景有誰能品藻謫仙詩句玉壺清

黄土寺次聯句韻

解鞍聊爾寫鬱黄昏淺斟嫌飲興長倦極呼燈仍對局狂來撫掌更移床茫茫烟棹三生話裊裊蒲團一

瓣香莫向山林笑城市老僧方苦送迎忙

憶故山

歸去來兮歸去來故鄉亦有好池臺儘多魚鳥供心賞無數松筠是手栽風月佳時邀勝友琴棋樂處舉深盃問君何苦營蝸角擾擾紅塵日幾廻

次戒軒閣學韻送寗菴少宗伯還南都

采采黄花帶露餐出塵風韻似君難文才早入韓公室詩律先登杜甫壇三館並遊誰壯老百年相見幾悲歡馬蹄明日燕南路草軟沙平雪半乾

書生不慕五侯餐處世何憂跋涉難舊學自應歸鳳

掖故交誰肯負雞壇雲萍未合長懸夢樽酒相逢且
盡歡愛殺蟠胷千萬卷挑燈時見壁魚乾

兩鬢霜後薄供餐莫怪貧家治具難冠紱有誰逃夢
境旌幢隨處避吟壇幾年石上三生話此夕燈前一
笑歡賓主高談忘爾汝興來不怕酒瓶乾

史局編摩每共餐六年離別見何難萍蓬宦迹原無
海金石交盟故有壇話屢摘書評往事醉猶撫掌罄
餘歡相留莫訝過深夜漏滴銅龍正未乾

次石熊峰先生韻題寄菴先生于莊

謝却紅塵對碧山花開花落也相關兩笻冒雨穿松

外一楊留雲臥竹間江岸柳眠鶯喚起溪堂簾捲燕
飛還春來農務村村急却愛沙鷗似我閒
滿座嵐光雨後新丹青雖巧寫難眞鵑啼似怨春歸
急酒熟何愁客到頻問柳尋花隨野老踏歌搥鼓樂
田神丈夫未合虎爲鼠且向煙霞寄此身
籬東一徑與雲平竹塢梅坡次第成谷鳥啼來如喚
客野花開遍不知名窻前碧草關憂樂門外青山管
送迎官課未輸吾自急底須布穀勸人耕
壠上呼童剪草萊行行無數好山來夕陽牛外頻聞
笛春水鷗邊忽見梅蔬圃不緣農事廢柴門長爲野

人開淡中滋味眞堪愛咬得菘心與芥臺

送都憲彭公濟物總制四川

授鉞誰堪貧蜀中滿朝輿論說才雄方平劍外初開
閫裴度淮西慣總戎千里妖氛消化日萬山枯卉待
春風凱歌屈指旋都下麟閣應書第一功
兩川群盜幾時平西顧頻年軫聖情天上絲綸重播
告山中狐兎漫縱橫揚麾益壯前茅氣迎刃驚傳破
竹聲眼底紛紛談笑了路人不信是書生

再次韻題寗菴子莊有序

少宗伯寗菴先生吳公故鄉義與有別業曰

亭莊者舊矣大司成熊峰石公嘗爲之作四詩以紀其勝今年先生以賀萬壽聖節來京師間出以示冕因不揣鄙俚輒勉次其韻成詩四章以復於先生既又以爲先生名莊之意不過信口向人謂此莊乃亭之莊居云爾初豈拘拘然隔藩墻而分爾汝如世之庸衆人哉遂推廣此意再疊前韻以成四詩詩既成而先生已南歸留都乃併前詩錄之託尙寶徐君堯章寓於先生以求教先生其尙一一爲冕指摘其瑕疵而藻飾其蕪拙也哉

休問他山與我山南鄰北里幾柴關參差臺榭群峰
外遠近藩籬一水間放鶴客從傍墅去牧牛童自別
村還人家花柳吾家秫長遣春風不暫閒
溪雲山月結交新我亦忘吾意自眞爾汝縱令標署
定親疎一任往來頻淵明栗里詩無敵摩詰藍田畫
入神盡道此詩還此畫清時肯許樂閒身
山不巉巖路又平絕無人力盡天成林巒一望眞堪
畫物我相形自得名村酒飲多花共醉鄰翁來慣犬
能迎春風已綠西疇草分付兒童趁雨耕
雲山佳處卽蓬萊輿到何妨着屐來但有園林還有

水儘宜松竹更宜梅沙頭白鳥忘機下籬畔黃花任
意開雖是我庄難絆我絲綸原出釣魚臺
公詩性靈一派不假修飾此四首專從予字翻說
立言得體全以意勝如絳雲在霄舒卷自如眞清
空一氣者也讀者愼毋粗心忽過　石郜謹識

送都憲王公器之得謝歸三山

八座班高中執法清朝頻上乞身章蓴鱸不爲秋風
動松菊當令晚節香帶錫九重新鏤玉誥封三代重
焚黃耆英相望閩山下勝日應開綠野堂

北潭先生傅公引疾歸清苑詩以奉送

黃塵赤日蔽郊圻擬布商霖助萬幾投紱忽承新鳳
詔買山先問舊魚磯囊封諫草猶存否道聽輿言果
是非苦欲留君留不住亦將卧病解朝衣
凛然正色位春卿每日君王識履聲闕左謀謨常鯁
直寰中禮樂盡修明鳳凰覽德還能下鷗鳥忘機自
不驚歸去傅巖梅正熟重來金鼎待調羹

邃菴先生有詩送北潭先生次韻二首

每挹高風鄙吝祛元龍豪氣肯全除愛君憂國有深
意拄腹撐腸皆古書夙學敢隨當世曲壯心羞未昔
人如才能林下長閒得八十猶應載後車

見說飛蝗遍野田閭閻老稚盡騷然寸心耿耿懷孤憤再疏惓惓達九天歸去不知軒冕貴聲華從此日星懸他時竹帛君休論且聽行人道路傳

次韻送九峰先生謝事歸鄞中

大司徒九峰孫公之得謝而歸也太宰邃菴先生首倡二詩送之冕辱愛於公甚厚且久悵然於公之去而不能留也不揣鄙俚輒借先生韻奏合成篇錄上以道意云

祖筵連日不勝情纔送春卿又地卿國計班崇唐左輔省魁文重漢西京江湖身遠丹心在廊廟憂深白

髮生歸到九峰峰下路飽看山色聽松聲

邊計紛攘曉又昏滿懷心事向誰論操刀割錦能無病解組歸田喜拜恩去去桑榆饒歲月悠悠林壑自乾坤賜金應與鄉鄰共左手持螯右倒樽

南郊迎駕次邃菴先生韻

郊齋有戒夙恭聞擬竭精誠助萬分極目九天仍九地終宵三沐更三薰芝房自昔空歌漢寶鼎於今又出汾兩歲駿奔慙附驥紫壇深處拜紅雲漢武帝時鼎出汾陰芝生甘泉齋房皆因之作郊祀樂歌

送督府都事沈行慎赴留都次甯庵少宗伯韻

自公每日詠羔羊誰道紅塵馬足忙三載望雲頻陟屺一朝捧檄便升堂誥頒御墨從天下酒出宮壺帶露香親壽漸高君寵大梧岡還見鳳鳴陽

鳳凰臺上舊題詩此日重遊喜可知宦邸去家殊不遠板輿迎養可終辭幕參督府文書靜宅傍秦淮水竹奇却憶玉亭初識面連朝談到日斜時

次韻奉謝李西涯老先生分惠胡桃

冕來京師食胡桃三十年而胡桃之帶青殼者未始見見之實自近日分賜名園者始感刻之餘方欲搜枯以求教昨偶得聞諸老先

生詩因借其韻錄之謹以上於左右

胡桃百顆樹頭來把玩移時手剝開病齒嚼瓤方快適癡心見殼尚疑猜種隨蕃部氈裘至根是天家雨露培憶在故園曾偶得一茶惟瀹兩三枚

再次韻奉謝李西涯老先生

西涯先生初以東惠胡桃有云梅聖俞鴨脚百顆猶能博歐公一詩今幸不乏此數聊助一茶而已非有他望也既而晃次石齋先生詩韻奉上涯老亦次韻答晃且復書其後云鵝毛千里鴨脚百箇比之昔人有餘愧矣遲

拙可笑盖歐公答聖俞寄銀杏詩其首四句云鵝毛贈千里所重以其人鴨脚雖百箇得之誠可珍故涯老援以自況盖謙辭云

新詩佳果一時來再拜焚香手自開果出名園人競賞詩如奇寶世何猜鵝毛謙比前賢愧鴨脚能如此地培今古歐梅亦姑置後生誰復羨鄒枚

次宫保戒軒先生靳公詩韻寄壽少傅守溪先生王公

襟度淵然隘九州濟川功就等虛舟名從晉國三槐著身共睢陽五老遊綠野林巒千古意平泉松竹四

時秋不知圖像麥煙者出處輸公幾百籌

送張元錫赴廣東參政

名藩人說五羊城參佐官高任不輕即署才華推薦部甲科家世自春卿親庭江海三年憂民瘼閭閻萬里情好種甘棠千百樹郊原隨處看農耕

侍耕籍田次韻

聖皇秉耒自耕春終畝方資輔弼臣吉土三推膏澤澤神倉千囷粟陳陳農祥有象占天意祿食無功愧帝仁明日豳風應進講願將七月重咨詢

次韻籌菴予莊

南村蒿似北村萊手自携鋤墾闢來莫道他園非我圃且栽疎竹傍寒梅向陽花木三春麗臨水軒牕四面開閒暇欲窮千里目請君更上最高臺

送熊節之赴河源知縣

不見雲間陸士龍數年襟抱未從容官從白鶴峰前去身在蒼龍闕下逢酌別幾盃燕市酒候朝何日景陽鐘閭閻到處多民瘼下馬先應問老農

送陳君仲和赴思明府同知

筆硯同窓自少時女蘿還幸託松枝上林惜負看花約遠道愁歌伐木詩莫嘆坡仙猶渡海不聞尼父欲

居夷難兄方顯巖廊上聯佩行看步玉墀

曉起 正德己卯正月十四日

白髮蕭蕭不滿梳窓涵殘月曉鐘初半年無路瞻天表每日隨群步玉除病體着寒增老態客床連夜憂先廬衡陽春淺無回鴈萬里何因寄一書

枕上 己卯正月二十四日

憂裏鷄聲到枕邊披衣起坐興茫然流年未老長多病處世無能秪自憐旅況幾宵燕市酒歸心千里楚江船黃扉三載成何事孤負日高花影眠

春光已過十餘朝未有和風着柳條心共寒梅愁不
睡髩隨臘雪凍難消遠書誰爲傳黃耳病體彌嫌擁
黒貂千里湘江新漲綠莫愁無處着歸橈

朝中聞聖駕已過太原喜而有作

鸞馭纔聞過晉陽歡聲頃刻遍班行和風有意驅寒
氣旭日多情發瑞光執玉未先朝上帝還宮早已慰
慈皇聖心一念通天地四海何人不壽康

懷湘 己卯正月二十六日

欲向江頭買釣簑短篷輕檝泝煙波未賡楚澤騷人
賦且聽滄浪孺子歌杜若雨時秋色老芙蓉霜冷月

明多湘靈儻肯憐鄉曲應傍西風鼓瑟過

夢醒枕上有述己卯九月二十三日五鼓臨清旅舍

旅館經旬不出門恍然一夢到天閽朝來可有迴鑾報夜四鼓龍舟北旋之報得此句後平明即有是病後能無解綬恩萬里江湖空極目九秋風露欲銷魂别腸自恨無多量也欲招鄰倒酒尊

清源舟中漫書

寒鴉日日晚投林我獨懷歸未遂心身寄衛河舟上榻夢縈湘水岸邊岑年華荏苒雙蓬鬢病體支離一布衾却喜故人知我意夜深對話到更深

石齋楊公感夢有詩次韻奉答

良弼分明夢裏來商家千載太平開洗天勳業能躬致撥亂絲綸信手裁身在雲衢扶日上眼看陰翳放春回當年負鼎公眞是莫作華胥誕幻猜

送熊峰先生代祀孔林泰山

聖皇御極崇常祀太宰分祠向魯東鬱鬱孔林銀漢外巖巖泰嶽碧雲中御香夜爇晴嵐擁神璧朝陳灝氣通國祚綿延千萬壽歸來獻頌達宸聰

次韻送修譔楊用修奉使還蜀

九霄欣覲泰階平望秩山川軫聖情虞集鄉園方代

祀坡仙文賦已流行龍墀舊對三千字烏道今紆萬
里程殷禮告成天降祉穰穰協氣看嘉生

再次韻送用修有序

嘉靖改元二月二十四日楊太史用修代祀
還蜀憶用修初對大廷時予爲讀卷官故少
師李文正公首以用修所對策進讀文華殿
先皇御筆批第一甲第一人數字予實親見
之未數日用修入翰林爲修譔偕諸吉士讀
書中秘故太子太保靳文僖公奉命領教事
予亦濫竽其列至今忽忽十有二年予幸隨

用修尊翁少師石齋公於內閣每見用修造詣日深著作日富方將追古名賢而與之齊驅爭先焉未嘗不重爲朝廷斯文慶且以爲公慶也予辱公父子間教愛非一日矣故於用修之行既次熊峰太宰先生詩韻送之明日又疊前韻寄焉兼呈於公尚祈有以教我也

清朝父子羨韋平寵眷同時荷聖情奉幣漢祠方攝祭揚鞭蜀道豈難行瑞占象緯星隨節詩紀關山日有程回首五雲頻極目每因跋涉念蒼生

題雙壽圖慶李司空太保及厥配夫人

欲效長鯨吸百川朝回花裏慶神仙七旬過了纔三歲一品加來又幾年伉儷齊榮還并壽兒孫接武况多賢平生無限忠勤意借問丹青可解傳

壽湖東少保公外母孫夫人七十

八座偕榮有歲年甘同氷檗晚逾堅芝蘭香繞芸堦上綸綍光騰寶婺邊忠定家聲昭汗簡文淵錫館映台躔鶴飛南去多新曲好侑黃封獻壽筵

鄭從商改任臨潁

臨桂鄭從商數年前令嵊有聲近以丁艱服

闕改令臨潁於其赴任也詩以道其志

汴中郡縣槩凋殘此去醫民可有丹（從商精於岐黄之術故云）聖主九重方望治儒生一飯敢求安乘時手取功名易臨事身當責任難潁北嵊南寧異俗誰云宜猛不宜寬

送陳用修赴辰州府通判

暮年親友最關情一舉離觴百感生池草幾番靈運夢雲山何處酉陽城江湖去鵲三秋景霄漢飛鵬萬里程西望桂林纔咫尺春風萊綵好相迎

大司寇見素林公致仕歸莆中二詩留别用韻

送之

幾年野服謝朝紳薦剡交騰上紫宸四海久知推大節九重眞喜得賢臣詔頒黼扆恩方渥興在雲莊夢已頻誰謂江湖今萬里廟堂何事不關身

幹旋世道肯言功去就端期往哲同山斗平生原重望詩文餘事亦宗工金從百煉光逾好水任千回勢自東衰劣未歸著彥去敢將斥鷃望冥鴻

重刻蔣文定公湘皋集卷之三十五終

一園俞當藹　校字